ワンハンド エア ベイビー

岡田英子
Eiko Okada

文芸社

ワン　ハンド　エア　ベイビー

ONE HAND AIR BABY

I

＊

俺たちの場所にユーゴが現れたのは嵐の夜だった。

四月、深夜零時のショッピングモール。

その日はチームＦａｋｅの結成一周年で、タクトがパイナップルののった、ちっこいケーキを買ってきた。

「えらい、タクト」

「タクちゃん、男前っ」

俺とテツローは口ぐちにはやしたて、しっぽを振って寄っていき、早速ちっこいケーキを囲んでタイルの上に尻をついた。透明のプラスチックのフォークを手にした凛《りん》が声をあげる。

「でもタクちん、一周年なのになんでろうそく四本なん?」

「ひとり一本ずつで四本。みんなあれだろ、ろうそくふうってふき消すやつ、やりたいだろ」

「やりたいやりたい!」

肩までのドレッドヘアを真っ黒クロスケみたいに揺らしながら何度もうなずく凛。こいつの会心の笑顔はトトロそっくりだ。

その右となりで。

鼻歌まじりにハミングしながら色とりどりのろうそくを生クリームに突き刺し始めたタクト。ハミングの曲はなぜかルパンのテーマ。ルパンルパア~ンってやつ。なぜかノリノリで歌ってる。

そのまた右となりでは。

「食うぞ」と、本気モードのやつがひとり。短距離ランナーのクラウチングスタートよろしく前にのめる、テツローだ。ぷぷぷ。だけどテツローくん悲しいかな、背中ががら空きなんだな。今こいつの後頭部小突いたら、きっとこいつはドリフみたいに顔からケーキの中に突っこむことになる。まあそんなことはしないけどね。ケーキがもったいないからな。

そして、そのまた右となりに俺がいる。

俺はさっきから考えている。ちっこいケーキの真ん中に鎮座する「Ｆａｋｅ」と、コーティングされた超がつくほど薄っぺらな板チョコ。こいつをなんとかひとり占めする方法を。だってあれだろ、仲良く四等分なんてしちまったら「Ｆａｋｅ」が粉々に砕けてかわいそうだろ。パイナップルはやるから板チョコはくれなんて、交換条件呑むようなやつらでもないし。だから俺は敵に動向を悟られないよう目ん玉だけを動かして、逆にやつらの動向を探る。そして俺の直感がはじき出した作戦は、やっぱあれだよ、先手必勝、速攻あるのみ。ていうか、みんな狙ってる気が、すげえする。超プレミアつき超超薄型板チョコを。

「タクちん、火っ！　火っ！」

頭の中で着々と作戦を練り上げつつある俺の横で、世紀の大発見みたいに叫びだした凛が跳ねている。ちょっとうるさい。しかしタクトのほうは地蔵のように沈着冷静で、悠々とコンビニの袋を探りながらやつは言う。

「だいじょぶだって、ライターもちゃんと買ってきたから心配すんな」

「おお～、さっすがタクちんっ」

「感動しすぎだって、凛」

「俺、無人島にいっこだけ持ってけるとしたら、絶対タクちん持っていく」

「キモ～」

「ホモ～、凛」

ショッピングモールの隅っこで、男四人が汗臭い顔を突きあわせ、それから俺たちはせーので揺らめく炎をふき消した。そして次の瞬間、直径十五センチのまあるいケーキに四人いっせいにダイブしたんだ。

ばかみたいに楽しくて、サルみたいな笑い声をあげると、周りのチームのやつらが首だけ回して俺たちを見る。その視線までもがきらきららめく光のシャワーを浴びてるように気持ちいい。

あちこちから聞こえてくるヒップホップ音楽。ショーウィンドーの前に群がるダンサーたち。

深夜のショッピングモールは俺たちの神聖な練習場所だ。

＊

食い終わったケーキの残骸のすぐ横で、さっそく体を揺らし始めたテツロー。ラコステのショーウィンドーに自分の姿を映しながらアフタービートでリズムを刻むテツローの顔は真剣そのもの。俺は思わずほくそ笑む。

「あー、いつき、お前、今笑ったろ」

切れよく振り返るテツローに、俺は「いや」と、あごに手をあて目線をあげる。

「お前、あしたホントにそれで学校行くわけ？」

俺とテツローが通う公立高校は、広島市内にあるバカでも入れるまあ並以下のフッウの高校だ。俺たちは、この四月で二年になった。ちなみにタクトは別の高校で、こっちは私立の進学校ってやつ。そして凛はフリーター時どきプー。みんな仲良く同い年だ。

テツローの頭はブロッコリーみたいな、ちょいといかしたショートアフロに今日なった。来週クラブで開かれるソロダンスバトルのためだ。

「超イカしてるって、テッちん」と、凛。

「見た目で目立とうとするのは邪道だ」と、タクト。

ふたりはテツローのアフロをひと目見て、開口一番ひと言ずつ、そう感想をのべた。

「寝癖です、つったらごまかせないかな」

ラコステの前で足をとめ、ぼんやりとつぶやくテツローくん。

ブロッコリー頭をわさわさ振ると、かつおぶしみたいにふわふわ揺れた。これは、意外におもしろい。かつおぶしだ。たこやきの上でふわふわ揺れてるかつおぶし。

俺はコンバースの靴ひもをきゅっと引き、R&Bにあわせて体を動かしながら、もう一度テツローのアフロをちら見してほくそ笑む。

寝癖？　どんな寝方したら、そんな頭になるんだよ。

＊

俺たちが陣取っているラコステはこのショッピングモールの一番入り口側にあっ

て、このモールの中で一番大きなショーウィンドーだ。

基本、どのショーウィンドーの前にどのチームが陣取るかは自由だ。誰かの所有地というわけではないので早いもん勝ち。要は花見の場所取りと一緒。でもって俺の自宅が徒歩五分という立地を活かし、この一年、チームＦａｋｅはここラコステをゆずったことがない。だから誰がなんと言おうと、ここは俺たちの場所なんだ。

いろんな種類のブラックミュージックが小宇宙みたいに交ざり合った俺たちのダウンタウンにその時、ビューオーと一陣、春の嵐が吹きつけた。

四月の風はまだまだ肌寒く、俺は思わず肩をすくめて身震いひとつ。

今日は朝から雨が降っていて昼間もそうとう寒かった。だから夜はよけいに寒い。おまけに雨は今も降り続いていて、もう大雨。ザーザー。入り口の一番手前のラコステのタイルは横雨でびたびただ。背中を丸めてしゃがみこみ、ケーキの残骸を回収していた凛が言った。

「いつきちん、タイル滑るかもしんないから気をつけてね」

「おう」と返事をした時だ。人影に振り返ると、そこにユーゴが立っていた。

＊

モールの入り口に突如風のように現れた、ひょろりと長身のシルエット。

「よう」

と、やつは俺を見やってにやりと笑い、さらに俺の背中で動きをとめた凛とタクトとテツローにさらりと冷たい一瞥をくれた。俺はつれない声で「よう」と返してやった。

とぐろをまいたヘビでも飼っていそうな、だっぼだぼのジーンズに真紫のパーカ姿のユーゴ。キャップの上からフードをかぶったやつは今日は自慢のスキンヘッドを隠してる。

そしてユーゴの後ろの雨の夜からひとり、またひとりと、獣じみた足取りで姿を見せる男たちがいた。やつらはあちらこちらに刺すような視線を飛ばしながら、ゆっくりとユーゴを囲んでショッピングモールの入り口に立った。雨の夜から生まれ出てきたような男たちはユーゴを入れて計五人。みな同じ真紫のパーカーに目深《まぶか》なフード姿。

一応、紹介しとこうか、こいつらがチームGuy《ガイ》だ。

俺のうしろでタクトはやつらからそろりと視線をはずし、凛はきりりと睨みつけ、テツローは「別に」って感じで横を向いた。

「なんの用だよ」

と、口火をきったのは俺だった。深夜のショッピングモールに、かるい緊張が走るのが気配でわかる。なんでかって？　そりゃあ、チームGuyが、このあたりではちょっと名の知れたダンスチームだからだ。

この界隈で開かれるダンスコンテストやクラブのショータイムでは、いつもいいところは全部こいつらがもっていく。まあ地元でダンスやってるやつの間じゃ知らない者はいない、一目置かれたちょっとしたチームってこと。けれどユーゴたちは、ふだん広島市内の別の場所で練習をしてるはずで、街からすこし外れたこのショッピングモールに寄りつくことはほとんどない。だから突如現れた地元の有名人に、そこいらにたむろしていたダンサー連中全員が、さざ波のように色めきだって野次馬と化し、好奇心と羨望のまなざしで練習をやめてユーゴたちを見ていたのだ。そこにきてあからさまに棘《とげ》のある俺の物言い。深夜のショッピングモールは一気に氷の静寂に包まれたってわけだ。

でもしょうがないだろ。Ｇｕｙも俺たちと同じ高校生チーム。つまりＦａｋｅのザ・ライバルってわけだ。不意に現れた招かれざる客に対する俺のリアクションはいたって妥当で正当なものだった。

ユーゴは降りかかる熱視線と凍りついたその場の空気を味わうように、ゆうゆうと微笑みながらフードの下から涼しげに言った。

「別にお前らの邪魔しにきたわけじゃないから安心しろよ、いつき。ただ, 俺たちの場所、改装工事入っちゃって締め出しくらったんだよね、俺ら。だからさ、すこしわけてくんないかな、練習場所」

自分たちがスペースを確保できないはずがない、と言いたげな、自信に満ち満ちた喋りかた。口もとのふざけた笑いが俺は大いに気に入らなかった。

この無料の練習スペースは何も最初から用意されていたわけじゃない。この深夜のショッピングモールは、俺たちがやっとの思いで手に入れた貴重で神聖な場所なんだ。

　夜中にうろつく俺たちをガラが悪いだの風紀が乱れるだのと、やたら排除したがる周辺住民の目を逃れ逃れてたどり着いた場所が、このショッピングモールだった。俺たちはけっこうがんばって努力したし、今もしてる。七面倒くさい社会のルールと常識っていう輪からはみ出さないように、警察に通報されないように、出したゴミは絶対自分たちで全部持ち帰るし、時どき見回りにくる警備のおっさんには元気のいいあいさつを欠かさない。通行人がびびらず歩けるスペースをいつも真ん中に空けているし、音楽だって控えめにしぼってがまんしてる。そうやってようやく世間的にも定着した俺たちの場所を、ふらりと現れたユーゴたちにトンビに油揚げみたいにくれてやる義理はない。だから俺はふいと横を向くと気のない声で言ってやった。

「ここは早いもん順なんだよ。練習したけりゃ空いてるところを勝手に使えばいいだろ」

　けれどタイル張りのそのモールはすでに常連でいっぱいだった。空いているところなんてない。晴れていれば屋外のショーウィンドーでも練習できるが、今日は雨が

降っている。ユーゴは薄い氷みたいな笑いを口もとに貼りつけながら、

「こっちも来週のバトルにむけて追い込みなんだよね」

ま、俺は出ないけど。と最後にカリッと俺の神経を引っかくセリフをついでみたいに軽がる吐いて、なおも微笑む真紫。え、出ないのか？　と思わず出かかった言葉は、やつのふざけたふくみ笑いに舌先でとまる。代わりに声をあげたのは向かいのミキハウスのショーウィンドーの前で踊っていたポッピングループのやつらだった。

「え、ユーゴ出ないのか？」

「お前が踊るっつって俺、知り合いにチケット売ったのにぃ」

と、こっちは俺たちとちがって親Ｇｕｙ的。

東京にさ、とユーゴは言った。

「東京にさ、オーディション受けにいくんだ」

口笛と感嘆に包まれ、ミキハウスの前に手厚く迎え入れられるユーゴ一味。俺は顔をそむけて舌打ちすると、ラコステに向きなおり自分の練習に戻った。けれど、さっきまでのサルみたいな楽しさは少しも戻ってこない。東京。オーディション。ユーゴ

なら当然だと思ってしまう自分に一番腹が立った。

＊

「久しぶりだな、凛」

と、低いけれどはっきりと響く声がした。

視線だけやると、さっきまでユーゴのとなりに立っていた男が俺たちの前にやってくるところだった。

「ジェイ」

ＣＤラジカセの前に片ひざをついた姿勢でフリーズしたまま、凛が短くつぶやいた。

ジェイ。こいつは、いつも感動的とさえいえる音を作ってくるＧｕｙのミキサーだ。彫りの深い甘いマスクで「ジェイ」なんて呼ばれているから最初ハーフかと思ったが、本名は「英二」というそうだ。だけどなぜだか、みんなから「ジェイ」と呼ばれている。

フードに入りきらない長髪の先を肩の前で波打たせながら、ジェイは言った。

「凛、お前も出るんだろ、来週のソロバトル」

「お前には負けない」

ぎゅうぎゅうに圧縮されたピストルの弾みたいな声と体勢で凛が吠えた。今にも飛び出していきそうだ。ジェイは目だけで笑ってみせると、ミキハウスの前に歩いていった。同じ紫のパーカーでもユーゴとは全然ちがう、こっちは俺たちを受け入れている笑いかた。タクトから聞いたことがある。凛とジェイは幼なじみなんだそうだ。

＊

俺とユーゴにはちょっとした因縁があった。

俺たちの出会いは四年前に遡る。

中二でダンスに足を突っこんだ俺が度胸試しで初めてエントリーしたソロバトル、同じフロアの暗がりにユーゴがいた。初めてのバトルでがちがちに緊張していた俺はとなりのそいつに話しかけた。やつは言った。俺も中二で、ソロバトルは初めてだと。嬉しさと異常なまでのハイテンションで舞い上がっていた俺は、やつの第一印象を覚えていない。けれど、その後で俺の目の前でくり広げられたやつのダンスを、俺は一生忘れない。

俺と軽口を交わしたすぐ後だった。ユーゴは痛いほどに照明のあたる白く浮きあがったフロアに、なんの気負いも躊躇もみせず、一番乗りに飛び出していった。ダンスバトルの常連や県外からきた手だれのダンサーたちをすべて置き去りにして、だ。

彼らが温かくも矢のような視線で見つめるサークルの中心で、ユーゴの体は意志をもったゴムのように跳ねた。すぐそばで見ている俺の目にさえ、やつのステップがちゃんと床を踏んでいるのかどうかわからなかった。奇跡のステップ、と後に呼ばれるその足さばきを、なんの前触れも予感もなく唐突に見せられた俺は、いきなり殴り飛ばされたような気分で頭の中が真っ白になった。悪寒のような震えがぶるぶると背骨を突き上がってきて、足がすくんで、気がついたらお湯のようなやけに生あったかい涙がひと筋、顔をつたって流れおちていた。慌ててぬぐいとったから誰にも気づかれてはいないと思う。もっとも、慌ててぬぐいとる必要もなかったんだ。だってその時のクラブ中の目は、モナリザに注がれる世界中の視線よりも、熱く恍惚とユーゴの上に張りつけにされていたのだから。

その夜のダンスバトルはユーゴが優勝。俺も審査員特別賞ってやつを貰って一応、幸先のいいデビューを果たしたことになる。けれどなんだかぼうっとしていた俺は紅白のリボンのついた貰ったばかりのトロフィーをクラブに忘れて帰ってしまった。やつの姿が太陽の黒点のように目の裏に焼きついて離れなかったのだ。

ユーゴと俺は、それから事あるごとにイベントで一緒になった。

結果は、そのたびにユーゴが優勝、俺はその次。

車輪の中を走るリスみたいに練習して絶対やつより上にきたと思うたびに、けんもほろろに叩き落とされた俺。思い知らされる。どうやったって、やつはいつだって俺のちょっと前にいるのだから。いまいましい。目の上のナントカだ。俺はダメだ。ダメダメだ、と心が折れそうになった時期もあった。

けれども俺はのり越えた。やつはすごい。それは認めよう。でもだからといって、それは俺が負けてるって意味じゃない。ただちょっと、何かが足りないだけなんだ。運とかやり方とか、何かが、――あと、ちょっとだけ。

俺には俺だけの色もあるし味もあるはず。だからそれをしっかり見極めて、磨いて伸ばしてやっていこう、ユーゴのまねしたってしようがないし。

それが俺なりに反吐《へど》が出そうなほど考えて迷って脳みそ溶かしながら、もうひとりの俺と何万回と殴りあい付きのディスカッションを重ねて出した結論だった。

そして、そう思いあたってしまうと不思議に憑き物が落ちたみたいに軽くなった。ほんとうに、心も体もすっと息をふき返したみたいに軽くなったんだ。それだけでなんだか一段階上にあがれた気がするくらいに。

だから、今では俺とユーゴはいいライバルだ。ふたりとも照れ屋さんだから顔を合わせると、さっきみたいにお互い反り返ってしまうけどな。

でも、これでわかったろ。同じ星のもと、同じ年で同じデビューの舞台を踏んだふたりの少年。これってどう考えても因縁ってやつだ。

＊

ソロダンスバトルが翌日にせまった金曜日の夜、俺たちの練習はここ一番の盛りあがりをみせていた。と言っても今回のバトルでうちからエントリーしているのはふたり、凛とテツローだけだ。俺とタクトはノーエントリー。理由はこうだ。

タクトは高校に入ってからダンスを始め、まだ一年とメンバーの中で一番ダンス歴が浅い。だからソロバトルデビューはもうちょっと自信と度胸がついてからにしたい、らしい。俺たちは無理強いはしない。無理やり誰かにやらされたって楽しくないし、タクトにはタクトのペースがあるんだから、タクトが自分が「今」と思った時に行けばいいと俺たちは思っている。

で、俺の理由。

俺は実は最近、はっきり言ってソロダンスにあまり興味がない。というか、チームで踊る楽しさに目覚めてしまったのだな。確かにソロは自分の技の見せ場だ。そこにいる客が全員俺だけを見てるっていうスリルと達成感。それが楽しくて中三まではソロバトルに出まくっていた。誰かと組んで踊る時も、とにかく目立ちたくて人とは違う自分だけのアレンジをしたり、ユニゾンよりもソロのほうに断然力を入れた。けれどどここ最近だ、ソロにはソロでしかできないことがあるように、チームにはチームでしかできないことがある、と気がついた。気がついたらそんなの当たり前の話。

俺はチームの可能性は限りなく開かれている、と思っている。俺たちが四人で踊る時、1＋1＋1＋1は、4じゃない。構成や振り付けの作り方しだいで1＋1＋1＋1＝8にも16にもなる。なぜだかわかるか？

複数になればなるほど振りの組み合わせや空間の使い方、構成のバリエーションが限りなく広がるからだ。たとえば単純に舞台の上にふたりいるだけで、そのふたりの間には距離感が生まれる。上下前後左右の距離感。それだけでもう六パターン。想像してみろよ、次から次にフォーメーションが入れ替わる万華鏡みたいなステージ、そんなのソロでは絶対ありえない。振りだってふたりいればシンメトリーにしたり、カノンにしたり、けんかだってできる。時には相手に引っぱられて自分以上のなにかが出てくることだってある。

そして振りの組み合わせと空間の使い方を踏まえた構成のバリエーションに至っては、もうほとんど宇宙的。考えつく限り、パターンは幾重にも枝分かれを繰り返し尽きることはない。想像力の手が伸びるところまで俺たちの世界は伸びるんだ。俺たちの脳細胞と同じ数だけ構成のバリエーションがあるってこと。

チームの構成を考える時、俺はいつも気絶しそうなほどの万能感に包まれる。自然と口もとがにんまりしてくる。体の中を色とりどりのカラーボールが跳ね回ってるみたいな、料理人が未知なる食材と相対して身震いするみたいな、たぶんそんな感じだ。

そういうわけで、今の俺には悪いんだけどソロバトルなんて眼中にない。俺の頭の中は今、チームＦａｋｅの新しい構成のことでいっぱいだ。別にユーゴが出ないからじゃないよ。今回のソロバトルはもともとエントリーしてなかったんだ。

だからあしたは客席からタクトとふたりで、凛とテツローの勇姿を親鳥のような目で見守ることにしている。

＊

ユーゴ不在の明日のバトルの下馬評は、Ｇｕｙのところのジェイが優勝候補だそうだ。やつの女のようにうねった肩までの髪と、長い手足を思い出す。ユーゴを彷彿とさせるハウスステップとボディコントロールがうまい。けれど俺は密かに確信してる。あした勝つのは凛だと。

凛の武器はアクロバティックなブレイクダンス。とにかく、というか、とりあえず、というか、まあ、見てもらったらわかるんだけど、とにかく、とりあえず、おもしろいくらいに凛の体はくるくる回る。チビだから人より余計に回れる、わけでは決してない。それはやつの血と汗の結晶だ。俺は知ってる。凛のダンスに対する尋常ならざる情熱と努力を。何がやつをそうさせるのかはわからないけど、特にここ最近のやつには鬼気迫るものがある。たぶん、もともとダンスバカなのだ。

チビの凛はこう見えて、俺たちの中で一番ダンス歴が長い。小六の頃から近所のダンススタジオに通っていたらしく、幼なじみのジェイとキッズダンスユニットを組んで地元では結構有名だったと、これは本人談だ。「何でジェイと別れちゃったの」と、ある時聞いたことがある。凛はふいと横をむくと、つまらなそうに下唇を突き出して言った。

「ホーコーセーのソーイ」

出会った時、凛はプーだった。あとから聞いた話だけど、「もっとダンスがしたかった」って理由で二週間で高校をやめたそうだ。正真正銘のバカにはちがいないが、すげえ、と心から思った。そうかと思えば練習にも顔を見せず寝る間も惜しんで猛烈にバイトをしていた時期があった。ある日、俺たちの前に現れた凛は言った。ポータブルマルチミキサーを買った、と。プロのラッパーが使う二十万くらいするやつだと、やつは徹夜続きの赤い目をしばたたかせながらも得意げだった。「いいダンサーはいい音を聴かなきゃ」と。「これからはＦａｋｅの曲は俺にまかせて」と。だから、今では俺たちの曲は全部凛が作っている。チームＦａｋｅが自信をもってお送りする自慢のミキサーだ。

＊

小林まもるを見かけたのは、俺がラコステのショーウィンドーに寄りかかりダイエットコーラを一気に半分ほど飲み干した時だった。ショッピングモールのベージュのタイルを、挙動不審のガキが歩いているのが目にとまった。厚手のニット帽を目のラインぴったりにかぶり、黒色のビニールのジャンパーを着ている。足もとはアディダスのスーパースターだったけれど、新参者のストリートダンサーには見えなかった。

遠目だったが目が合った。一度通りすぎた視線をもう一度やつに戻したのは、怯えながらも覗きこんでくるふたつの目があったからだ。思い出すのにちょっとかかった。

「マモルじゃん」

やっと立ち上がった記憶とともに俺は声をあげた。その間、ゆうに二十秒。俺の脳みそはウィンドー95なみか。

手を振ってやると、マモルはラコステの前までやってきた。居心地悪そうに首をすくめて、視線をせわしなく動かしている。

変わってない。近くで見るマモルは実際、面影どころか中学の時のまんまで、笑えた。四角く張ったえら。小さいけれどいつも潤んでいるように見える丸い目。ドラム缶のような体。亀に似てる。

「なんだ、お前、ぜんっぜん、変わんねえな。こんなとこで何やってんだよ、田中邦衛みたいなカッコして」

俺の冗談に笑ったのは凜だけだった。いや、ほんの少しだけうつむく角度を深くしたから、マモルも下むいて笑ったのかも。今どきウエストできちんとはいたストレートのジーンズの足をもじもじさせながら、マモルは潤んだ瞳で俺を見上げ、こもった声で「黒川くん」と言った。

＊

小林まもると俺のつきあいは半年だ。中三の二学期にやつが俺のクラスに転校してきた。「黒川」と「小林」だったから、やつの席は俺のうしろになった。たぶん、それがすべてだ。担任が言った。

「黒川、小林の面倒みてやれよ」

俺は素直だったので、やつの面倒をほんとうによくみてやった。マモルは体が弱いらしく体育はいつも見学、学校もよく休んでいた。転校生だからなのか、教師たちからなんとなく特別あつかいされてるような感じがあった。

俺はタイルの上に尻をついたままテツローを呼んだ。やつも同じクラスだったんだ。

俺が呼んだのはテツローだったのだけれど、先に寄ってきたのはなぜだか凛とタクトで、

「いつきちんの知り合いなの?」

とか、

「テツローも知ってんだ」

とか、やつらは前にのめってマモルを囲った。コラコラ、好奇心旺盛なのはいいんだが君たち、迷彩色のチノパンを腰ばきしたタクトとドレッドヘアの凛に突然囲まれたマモルは、かわいそうにびびりまくってひとまわりほど小さくなった。仕上げにブロッコリーのテツローが「ああ?」と目を細めながら目の前に立ったから、マモルは下を向いたまま完全にフリーズした。誰とも視線をあわさず、両肩にかけたリュックのひもを命綱でも握る勢いで必死につかんでいる。べつに捕って食ったりしないのに。俺たちの心は草食動物のように穏やかなんだ。俺はとりあえずやさしい声で話しかけてみた。

「お前、こんな時間になにやってんの」

マモルはさっきよりもこもった声で、「ジムに」と言った。「ジムに通ってるんだ」と。

「じむ?」

いつも日陰で体育を見学していたマモルと、あまりにもかけ離れた言葉だったのでそれがスポーツジムだとはじめ、思わなかった。マモルはこくんとひとつうなずくと、上目遣いで俺を見た。

「ここのショッピングモールの最上階にあるスポーツジムに通ってるんだ。そこは毎日十一時半までやってて、遅い時間に行くと人ががらがらでいいんだ。でも、ジムっていっても僕は激しい運動はできないから、プールの中をぐるぐる歩くだけなんだけどね。でも体動かすのっていいね。こんなに気持ちいいものだって知らなかった。すごいだるくてふらふらなのに気分はうそみたいに軽くなる」

マモルは肩をすくめて、へらへらと俺たちに笑いかけた。ふだん、あまり誰とも喋っていないような、喋りだすととまらない感じの話しかただ。少し顔を紅潮させている。

その時「あ」と誰かがおかしな声をあげたと思ったらテツローだった。やつはジーパンの太腿をぱすんとはたくと言った。

「思い出した。中学ん時、いつきのケツばっか追っかけてたやつだ」

テツローよ。お前はもうあしたのことだけ考えてろ。タクトと凛が同時にマモルを見て、それから俺を見た。そんな目で俺を見るな。

「ケツ追っかけてたの？」

「いつきちんの？」

ほらほら、そういうことになるだろ。

当のテツローは、しみじみとした目で下から上にマモルを眺め回しながら、

「ふーん。変わんねえな、お前、あい変わらず体弱いのな」

マモルはなぜか照れたようにはにかみながら、

「うん。僕、白血病なんだ」

俺たちは同時に言葉を詰まらせた。なんだよそれ、と笑いとばすことも、白血病？と聞き返すこともできない空気のかたまりがそこにあった。

その時、ピピッ、ピピッ、ピピッと電子音だけの携帯が鳴り響いた。

マモルがバネ仕掛けのおもちゃみたいにぴょこりと顔をあげる。

「僕、行かなきゃ、親が車でむかえにきてるんだ」

そう言うと、俺たちに手を振って深夜のショッピングモールを小股に駆けていくマモル。大きすぎるリュックのせいで、マモルのうしろ姿はリュックから頭と手足が生えているように見えた。やつの背中を眺めながら凛が言った。

「あの子はなんだか亀に似ているね」

II

亀の甲羅『Tortoise Shell』という変な名前のクラブは、広島市内の繁華街から少し外れた通りにある。

＊

次の日、タクトと市内のマックで待ち合わせ、俺たちが亀の甲羅の中に入ったのは午後十時すぎだった。クラブにしてはまだ早い時間だったけれど、薄暗いフロアにはもうけっこうな密度で人がいた。ほとんどがソロバトルの出場者だ。空気がびりびり震えるくらいのビヨンセの歌声の中、みんな体を揺らして踊っている。その中に凛とテツローがいた。ちょっと離れたところにジェイもいた。

俺とタクトは凛とテツローとハイタッチを交わすと、いつもの軽口からはいった。

「どんな調子?」

「あー、なんか絶好調ってカンジ。さっきダンスの神様がおりてきたっぽい」

「きてるきてる、テッちんのアフロにダンスの神が宿ってる」

テツローのアフロネタは今が旬だ。

本番直前のチームメイトを笑いとばしてやりながら俺は、ビヨンセの歌声が支配するフロアに視線を泳がせた。

ユーゴはやはり不在のようだ。いくら待っても、その夜やつは姿を現さなかった。

午後十一時すぎ、大音量で流れていたちょっと前のR&Bがふっと消え、照明のはいったステージにマイクを握ったMCが立った。

今夜のMCはパナマ帽をかぶったハスキーボイス。喋る合い間合い間にやたらと「広島〜」と叫んで観客を煽っている。俺たちは熱狂的な支持者のようにいちいちそれに答えて飛び上がった。腕をあげて、声を張り上げ、ウエーブを起こして騒ぎまくる。

「盛り上がってるかああ、広島〜」

「イエ〜」

「最高だぜえ、広島～」

「イエ～」

「朝まで騒ごうぜえ～」

「イエ～」

「広島～」

「イエ～」

こんな感じ。

やがて番号札をつけた出場者たちが吠えまくるＭＣの足もと、ステージ下の暗がりにわらわらと集まりだした。いよいよバトル開始だ。

ソロバトルはまず、出場者が八人ずつくらいのグループに振りわけられる。それからひとグループずつステージにあがりサークルになるんだ。キャンプファイヤーみたいな感じにね。あとは曲にあわせてひとりずつ円の中心に進み出て踊るだけ。審査員ってのが客席の一番うしろに三人くらいいて、そいつらが勝者を何人か選び、勝ち残ったダンサーがまたサークルになって踊る。それが何度か繰り返され、最後に優勝者が決まるってわけ。すごく簡単なルール。

簡単だけれど、勝負ごとはいつだって駆け引きとタイミングが重要だ。たとえば円の中に踏みこんでいく順番が決まっているわけじゃないから、ダンサーたちはみんな表情や呼吸をよみ合って、自分の飛び出す瞬間をさぐらなきゃならない。もし誰かとかぶったら、どっちかがとぼとぼと円の端っこに戻っていかなくちゃならないから、そうなったら踊る前から負けてるみたいでかっこ悪いだろ。

それに自分が踊る時にどんな曲がかかってるのかだってわからない。そんなのDJ次第。だからどんな音でも瞬時に反応し音を聞きわけ、ビートを体にいれなくちゃならないんだ。時にはリズムのとりづらい曲のイントロだったり妙にクールなメロディーラインだったりすることもある。

こればっかりは運だね。だけど勝つためには運だって必要なんだ。

瞬発力と反射神経と運。

それから何よりもうひとつ、ソロバトルにもっとも必要なもの。

それはやっぱり、個性っていうセンスだよな。

＊

その夜の最初のグループはちょっとした見ものだった。凛と、やつの対角線上にはジェイがいた。いきなりの直接対決だ。

俺は凛の目を見てわかった。やつはやる。あの時のユーゴと同じ目をしていたのだ。そしてやった。ＤＪが回し始めた瞬間、凛は床を蹴ってもう円の中心にいた。

曲はブレイキンにおあつらえむきの軽めのアップテンポだ。

アップ代わりの軽快なステップを踏んだあと、凛は床に手をつきそれからいきなり背中を支点に回りだした。ウィンドミルって技だ。腰が落ちないように足をぐるんぐるん回す。これは脚力とバランスが命。前に凛が言っていた。慣れてくると筋力はそんなにいらないんだと。遠心力を利用し円の支点を背中から肘、頭へと移動させる。凛の小さな体は竜巻のように、くるくると回りながら軽々と持ちあがって、気がつくとフロアについているのはドレッドヘアの頭の頂点だけで、凛は逆立ちしたままコマみたいに回っていた。

観客もほかの出場者も、本日一番目のダンサーにして今日一番の盛り上がり。のどが痛いと思ったら俺は声が嗄《か》れるほど凛の名前を叫んでいた。となりのタクトも右に同じ。

「凛！　凛！　カッケー、超カッケー！」

「ヤバイヤバイヤバイ！　ヤバイよ、凛くんっ」

「凛！　凛凛凛、最高〜凛〜！」

真っ白い光であふれ返るサークルの中を、凛の体は伝説のハンターが操るブーメランのように自由自在に飛び回った。そうかと思うと再び手をつき今度はいきなりフリーズ。あんたは一瞬で凍りついた竜巻を見たことがあるか？　たぶん脱水後の洗濯機の中みたいな感じ。もしくは今の凛だ。

——1、2、3、4、5。

凛の体をひねった三点倒立はゆうに五秒はフリーズしていた。——もう我慢できない、凛じゃなくて俺たちが。

吸い寄せられるように舞台の上の凛のほうにのめっていく俺たち。どうする？　凛、次は何する？　何を仕掛ける？

皿のように目を見張る俺たちの前で凛が次に見せたのはラビットという技だった。逆立ちしたまま足を天井に向かって蹴りあげて、肘のバネも使って蹴りながらジャンプ、ジャンプ、ジャンプ。ひとジャンプごとに足を前後に入れ替え入れ替え振り子のように大きく振って逆立ちしたままぴょんぴょん、ぴょんぴょん、跳ねる。跳ねる。跳ねる。

すげえ、凛。おもしれえ、おもしれえ。俺はばか笑いがとまらない。タクトも、そのとなりのやつも、その後ろのやつも、そこにいる連中全部が凛のパフォーマンスに体を揺らして波立っている。

そして凛は最後に俺たちの脳みそに刻みつけた。

逆立ちの体勢から左手を離し、両足を大きく広げて腕一本で一瞬逆立ち。

「ワンハンドエアベイビーだ」

誰かが叫んだ。

真っ白く輝く中空に、刻印のように押された凛のワンハンドエアベイビー。

鮮やかに決まった大技だった。光の中にぱっと咲いた凛の五体は残像となっていつまでも舞台の上と俺たちの目の裏に残った。

その夜の凛はとにかく勢いがすごかった。もうやりたい放題。フロアの空気と客の心を一気にぐしゃっと、わし掴みにした。誰もが凛の優勝を確信した瞬間だった。

けれどその波に呑まれないやつがひとりいたんだ。

次にサークルの中に飛びだしてきたのは長身で男前のジェイだった。

＊

ジェイは凛がサークルの一点に引き上げきる前に、もう飛びだしてきた。跳ねるようなステップワークで凛を端に追いやると、そのまま流れるようなスムーズな動きでハウスステップにはいった。新たなバトラーに薄暗い客席がまた亡者のように湧きあがる。

ハウスは、上半身をあまり動かさず、速い足さばきと上下に揺れる音のとりかたが特徴のダンスだ。

ジェイの引き出しの多さに俺はため息がでる。

軽々と次から次へと繰り出されるジェイのステップは尽きることを知らないようで、やつは無限のステップでサークルの宇宙を影法師みたいに飛び回る。もちろんやつの宇宙には重力なんて存在しないから、足音なんかは少しも聞こえない。うねる髪の毛をほうき星みたいになびかせながら、長い手足をしならせて涼しい顔で踊ってみせるジェイの姿には優雅ささえ漂っている。

そうかと思えば時どき円の淵まで寄っていき、サークルを突き破るように腕を振り下ろしたり足を踏み鳴らしたりする。まるでまわりのダンサーたちを蹴散らすみたいに。円の外周で余裕かまして見ていたダンサーたちはたまらず円を崩して両脇に避難する。

うまいな、こいつ。俺は思わず下唇を噛んで口の中で唸り声をあげた。まるで喧嘩を売るみたいにまわりのダンサーたちのところに寄っていき、なおかつ蹴り散らかし脇に追いやったジェイの姿は、審査員の中に限りなく勝者の印象を植えつける。これもきっとやつの計算だ。勝ち残るためにはこういうパフォーマンスも有効な手段のひとつってこと。ダンスバトルはまさに一瞬たりとも気の抜けない、生き残りを賭けたガチンコサバイバルってことだ。

そして、その夜のジェイはそれだけでは終わらなかった。

やつは最後に見せた。今まで力を抜いていた上半身を激しく上下に動かしはじめ、ひざをしっかり高くあげ力強く踏みおろす。これは、PVで見たことがある。いや、PVでしか見たことがない。ハウスの今最新といわれているジャッキングスタイルだ。

「すげえ、」

「なんだよ、これ」

辺りの暗がりから湧き上がる色めきだった感嘆のため息が、もう一段階上にシフトチェンジされた瞬間だ。

通常のハウスステップとは明らかに異なる全身を激しく使った、これまでの優雅さとはほど遠いジェイの情熱的なステップワークに亡者たちはもうじっとしてなんかいられない。飛び上がり腕をあげジェイの名前を叫びまくる。へそ出し生足のギャルたちの黄色い声援も「きゃあきゃあ、きゃあきゃあ」うるさいうるさい。

まだ誰も教えてくれる者などいない最新のスタイルを、ビデオだけを頼りにこいつはここまで仕上げてきたのだ。

そんなものを目の前で見せられて、明かりのあたらない暗がりで俺は、亡者の熱にまみれながら口の中でねばっこい舌打ちを鳴らさずにはいられなかった。

くそっ、胃のあたりがちりちりちりしてくる。踊りてえ。くそっ、負けてらんねえ、やっぱエントリーするんだった。

おそらくこれが今夜のジェイの最終兵器だ。とんでもないリーサルウエポン。

だけど初っ端の一回戦からこれを使わなくちゃいけない羽目になることはやつの計算にはなかったはずだ。凛のせいだ。それぐらい今日の凛には勢いがあったってこと。クールな顔してジェイもそれだけ必死だったってことだ。

今夜のバトルは凛とジェイのタイマンだ。フロア中の亡者がそう思ったにちがいない。俺も思った。だがちがった。

今日はいったいなんて日だ。

俺はダンスを見て、体中の力が抜けその場にへたりこみそうになったのはその時が初めてだった。

＊

やつがステージの上にあがったのは四グループ目だった。八人中、一番最後の踊り手だった。

見ない顔だ。県外からのエントリーだろうか。そう思って目をすがめると、腰につけた番号札にカタカナで「リュウジ」と書かれているのが見えた。

中背、色白。金髪のモヒカン。襟足から赤いエクステが二本、尻尾のように腰のあたりまで垂れている。顔は、頬骨の下がくっきりと落ちくぼんでおそろしく痩せていてガイコツのよう。年は俺と同じくらいにも見えたがよくわからない。やつの不敵なまでの落ちつきがやつの年齢をわからなくしていた。

なんていうか、やつのダンスは独創的だった。ストリートダンスではあるのだが、たぶん基礎にバレエかジャズがはいっている。高いジャンプと切れのあるターン、やわらかいひざ。ユーゴともジェイともちがう。もちろん俺や凛とも。しなやかで鋭くて繊細で、そして危うい。俺はしばらく経ってから気がついた。やつのダンスは俺が前に読んだ、タイトルももう忘れてしまった本の中のインディアンに似ている。確かこんな話だった。

孤立したあるインディアンの集落で伝染病が発生する。仲間たちが目や口から血をふき出しながら次々と死んでいくなか、仮面をつけた最後のインディアンが大きな赤い朝日に向かい、仲間の死体の中で踊っている。そんなラストだ。

リュウジのダンスはそのインディアンを連想させた。まあ、そんなことを思いだしたのはずっと後になってからで、その時の俺はぽかんと口をあけたまま、息もしないでステージの上のやつを見ているだけだったけれど。

その夜のダンスバトルの頂点に立ったのはリュウジだった。テツローは準決勝、凛とジェイは決勝まで残りリュウジと対戦したが、もうその時には勝負はついてるって感じだった。

最初にリュウジがTortoise Shellで踊った時、亀の甲羅の中にウイルスは注入され、密閉された室内で俺たちは逃げ場もなく幼児のように全員感染したのだ。

バトルが終わってからしばらくの間、俺は壁際のカビ臭いソファの上で沈んでいた。タクトには「疲れた」と言ったがほんとうは、足に力が入らず立てなかったのだ。

＊

一日おいて月曜日の夜。俺たちは十二時すぎのショッピングモールに顔をそろえていた。

ラコステ前のタイルの上に尻をつきコーラを飲みながらポテチを囲んでいる。俺のとなりにはマモルが両ひざを抱えてちょこんとすわっていたけれど、誰も気にする者はいなかった。俺も気にせずポテチをつまむ。ポテチは俺からの、コーラはタクトからの、凛とテツローへの敢闘賞だった。

「お前には驚かされたよ」

と、タクトが凛の頭を軽く小突いた。

「いつの間にあんな技できるようになってたんだ」

凛はへへ、と鼻の頭にしわを寄せて笑いながら、

「実はひそかに練習してたんだ。コツを掴めばけっこう簡単だってわかったから、今

度タクちんにも教えてあげるね」

そう言って、上をむいてポテチを三枚まとめて口の中に放りこむ超高校級なブレーカー。

「テツローもよくやった」

俺はフォローでもなんでもなくそう言ったのだけれど、当のテツローはバトルの結果に全然納得してないらしく、さっきからショーウィンドーの前でひとりで黙々と踊っている。ウィンドーに映るテツローの影をぼんやりと眺めながら、俺はひとり、ほくそ笑む。

テツローがダンスを始めたのは中三からだった。

俺が誘ったのだ。それからというもの、テツローは俺や凛との距離を縮めようといつも必死になって練習している。実は最近ひそかにやつを脅威に思い始めていた俺だったが、くやしいからそのことは絶対本人には言ってやらない。代わりに、

「そのアフロ、今度は緑色に染めて出てみるか」

と言ってみたけれど無視された。

「クラブって僕も一回行ってみたいな」

俺のとなりで、マモルがこもった声でぼんやりこぼした。

「じゃあ、今度一緒に行くか」

と言うと、やつは潤んだ瞳でうなずき返してきた。

マモルの背中の、今日もぱんぱんのリュックを横目で見ながら俺はひとりでにやにやする。

「お前なら、あの店のマスコットキャラになれるかもな」

＊

「あいつ、やばかったな」

そして話は自然とあいつのことになる。今日の会合の、今までの会話全部がこの話のための振りだったかもしれない。

「どこのやつだ」

と、俺。凛はドレッド頭を横に振ってわからないと言った。

「主催者に聞いたけど当日の夜、飛び込みでエントリーしてきたんだって。バトルが終わって、すぐ帰ったみたいで話もできなかった」

凛は残念そうにまゆ毛でハの字をつくった。

謎の多い男。

インディアンのような男。

その謎の男がショッピングモールに現れたのは次の日のことだった。

＊

昼間に黄砂《こうさ》が吹き荒れ、その夜のモールは空気に砂を練りこんだような埃《ほこり》で空中がざらついていた。夜十一時前に全員そろった俺たちは久しぶりに四人でフォーメーションの練習をしていた。

最初に気づいたのは、ＣＤラジカセの横に行儀よくすわっていたマモルだった。マモルは気配もなく突如現れたやつの風貌と、まとった空気の異様さに思わずタイルから尻を浮かせて「あっ」と短く声をあげた。ターンのついでに振り向くと、ショッピングモールの入り口にインディアンが立っていた。

俺はくるりと着地をきめてから、ベージュのタイルの上に立つやつを見た。テツローと凛とタクトも足をとめ、ふらりとそこに立っている異邦人を見る。

ガイコツに穿《うが》たれたふたつの穴のような目が俺たちを見ていた。俺とテツローとタクトをスルーしたやつの胡乱《うろん》な視線が凛のところで、ふっと止まるのがわかった。利口な子馬みたいに黒目を丸くした凛が、友好条約を結ぶ交渉人のように進み出て言った。まずはファーストコンタクト。

「やあ、こないだはどうも。あんたのダンスすごかったよ。リュウジ、だったよね」

「ああ」

「あんたひとり？　もしかして練習場所探してんの？　よかったら俺たちとやらない？　俺たちもちょうど今始めたばっかかだったたんだ」

リュウジの濡れたような睫毛《まつげ》の矛先が、俺たちのうしろのタイル張りの通りへさらりと流れてまた凛のところに戻った。

「いや」

やつはあっさり言った。

「俺はつるむのが好きじゃない」

穏やかだが短く言い切る。まるでつけ入る隙がない。やつのダンスみたいに。だから「あ、そうなん」と力なく返事する凛の声は最後のほうは木の葉みたいに消えてなくなっている。早くも会話終了だ。

リュウジは俺たちとのコンタクトをわずか二十秒で切り上げると、腰までとどく赤いエクステを揺らしてモールの中にふわり、と足を踏み入れた。

俺とタクトと凛とテツローは黙ってリュウジの横顔を見送った。獣のように音のないリュウジの足音、練習をやめてやつを見ていたのは俺たちだけじゃなかった。そこにいる連中すべての目が無言でリュウジを追っていた。熱い視線を一心に集めても、平たく真っすぐなまま微塵も変わらないやつの背中を。

クールなインディアンはモール内の地図が示された掲示板の横、エレベーターの扉の前に陣取ると、タイルの上にスポーツバッグを放り投げ、それから悠々とストレッチを始めた。リュウジの動きにあわせて背中の二本のエクステがヘビの舌のようにのたくる、のたくる。

「リュウジだ、この間のバトルの」

誰かが言った。

俺は、ざらつく粒子を舌先で転がしながら小さな声で呟いていた。

「俺たちの王国にインディアンがやってきた」

＊

次の日、俺がラコステ前に立ったのは午後九時前。八時に閉店するショッピングモールにはまだ人の気配が残っていて、下りきってないシャッターの中からは弱々しい明かりが洩れている店もあった。

その日、この場所に一番乗りしたのは俺じゃなかった。

俺がモールの入り口に立った時、そこには銀色のエレベーターの扉の前で汗を切り飛ばしながら踊っているリュウジがいた。驚いた。

俺は近寄り、掲示板によりかかりながら、しばらく踊るやつを見ていた。

俺がそこに立っても、リュウジは俺など存在しないかのように一心不乱に踊り続けている。

ガイコツの穴に宿る真剣な目。暴れまくるヘビの舌。予想を裏切る体の動き。男の体を見てきれいだと思ったのは生まれて初めてのことだった。

あらためて感じる。やつのすごさはユーゴとは全然ちがう。繊細で危うい。可憐だけれど粘着質な感じ。そよ風のようだけれど物凄い圧を感じる。神聖さの中に狂気を孕《はら》んでいるような。

ユーゴがジャックナイフならリュウジは日本刀だ。

ひと通り踊りおわると、リュウジはエレベーターの扉の前に勢いよく尻をつき、アルプスの天然水を一気に半分ほど飲み干した。青白い無防備なのどぼとけがドクドクと別の生き物のように波打つのを見てから俺は言った。

「あんたのダンス見たよ、こないだのソロバトル」

リュウジはアディダスの真っ赤なスポーツタオルを頭からかぶり、ぼんやりした目で俺を見上げた。尖ったあごから汗のしずくがポタポタ落ちる。減量中のボクサーみたいだ。

「あんなの初めて見た、すげえ変わってる」

少し間をおいて、「でもやばかった」と付け足した。

それからちょっと迷ったけれど、インディアンの話をした。あんたのダンス見てたら昔読んだインディアンの話を思いだした、と。アディダスのタオルの下でやつはおもしろそうな顔をした。

「インディアン？」

洞窟のようなリュウジの目に、ぱっと明かりがともった。

「どんな話だ」

仮面をつけた最後のインディアンが、仲間の死体の中で大きな赤い朝日に向かい、踊る話だと言った。

「興味深いな」

と、リュウジは言った。

「あのダンスは破壊と再生をテーマに踊ったものなんだ」

片膝をたて銀色の扉に背中をあずけて、俺にほほえむ現代のインディアン。笑うと細長い奥二重がさらに細く、わずかに三日月形のカーブを描く。

セカンドコンタクトはまあ、こんな感じ。

＊

俺たちの王国に暗雲をもたらすのは、どうやらユーゴだと決まっているようだ。

やつらがここに現れたのは翌日の深夜十二時すぎのことだった。東京にオーディションに行っていたというユーゴ、無事ご帰還のようで今日も元気な姿を見せてくれて何よりだ。

ラコステ前をスルーしたユーゴたちご一行は、もう電源のおちているエレベーターの扉の前で立ち止まった。俺はなんだかいやな予感がした。

扉の前にはもちろんリュウジがいて、本日も九時前から踊り続けていたリュウジは、タイルの上にすわりこんでぐったりしていた。足もとには空のペットボトルがふたつ、オーバーサイズのTシャツはスコールにでもあったかのように汗の染みでべったり。ストリートファッションに身を包んだカリスマインディアンは虚ろな顔でユーゴを見上げた。東京帰りのユーゴは唇だけでにっこり笑う。

「やありュウジ。俺はＧｕｙのユーゴ。まずはソロバトル優勝おめでとう。うちのジェイがキミのこと褒めていたよ、やばいやつがいたって」

リュウジの視線はユーゴからとなりのジェイに移動した。そしてまたユーゴに戻る。インディアンの目はまだ虚ろ。リュウジはどうやらオンオフがそうとう激しいようだ。踊っていない時のやつはなんだか魂がぬけてしまったような亡霊、踊る時だけやつは魂を呼びよせる。

「ビデオ、見たよ」

と、ユーゴは言った。

「キミ、なかなかおもしろいことするね」

唇にあのふざけた笑いをはりつけたまま、ユーゴは口笛でも吹き鳴らしそうな軽さで言った。

「ジャンルはともかくキミのスキルは気に入ったよ。リュウジ、俺たちのチームに入らないか」

子犬に、よしよしいい子だ、こっちにおいでと指先をちらつかせる気安さで、ユーゴはリュウジを誘った。けどな、ユーゴ、お前が手なずけようとしているのはかわいい子犬なんかじゃなくて、ヘビの舌をもったインディアンだったんだ。

リュウジは汗で光る金髪を横にふって言った。

「いや、やめておく」

ユーゴの切れ長の一重がすうと一段、細くなった。

「どうして」

「組んでやるのは好きじゃない」

「そう?」

天才ダンサーの余裕の微笑みがゆっくりとではあったが、確実に凍てついていくのがここからでもはっきりとわかった。笑った口のまま赤味が徐々になくなっていく。これはまさに、氷の微笑だ。

「俺はひとりでやるのが好きなんだ」

と、リュウジは言った。ややして「そうか」と、ちょっとだけ顎を沈めたユーゴは言った。

「残念だよ、キミにとってもラッキーな話だと思ったんだけどな。俺たちのチームに入りたいってやつはゴマンといるんだぜ。なぜだかわかる? 俺たちのチームにくれば簡単に注目されるし名前だってたやすく売れる。そうなったら今はまだこんなチンケなトコでやってるけど、この先どんなビッグなチャンスがまわってくるとも限らない、シンプルな計算だ、そうだろ」

ユーゴは薄い唇だけを器用に動かして、喋る。

「俺はつるむのが好きじゃない」

リュウジは穏やかだか短く言い切った。まるでつけ入る隙がない。俺たちの時とまったく同じだ。カチッと誰かがボタンを押すと自動的にリュウジの口はその言葉をリピート再生するみたいだ。

それはユーゴの顔から微笑みが完全に消えた瞬間だった。やつは凍りついた空気と己《おの》が仲間を置き去りにして、ふっと踵を返すとモールから出て行った。

ジェイほか、Ｇｕｙのやつらが少し強ばった顔でユーゴのうしろ姿を見送っていた。

俺も見送る。俺にはユーゴの背中が孤高のインディアンよりも孤独に見えた。

＊

「凛」

と呼びかける声に凛と一緒に振り向くと、長身のジェイがチームの輪から外れて歩いてくるところだった。俺のとなりで酸っぱいものでも噛み潰したような顔をした凛が吠える。

「こっち来んな」

子供か、お前は。俺たちの前まで来たジェイは気にせず笑顔で言った。

「よお、凛、元気か。お前、ブレイキン上達したなあ、見ちがえたよ。昔は逆立ちするのもビビってたのにな」

男前の笑顔。こっちは大人。でもちびっこは、その笑顔が余計に気にさわるようで、

「うるさい、黙れ。いいか、勝負はまだついてないんだからな。わかったか、わかったらあっちいけ」

ステップの代わりに地団駄でも踏み鳴らしそうな勢いで、余裕のジェイを睨みつける凛。けれどジェイは、そんな凛を全部無視して言った。

「お前、毎日ここまで自転車で来てるんだろ。俺たち、最近この近くで練習してるんだ。そこの郵便局の窓の前。帰り、原付で送ってやるからいつでも顔出せよ」

「出すか、アホ」

ジェイは俺にも「じゃあな」と言うと、仲間たちと引き上げていった。こいつらは幼なじみで家も近いのだ。

「ムカつくやつ」

と、俺のとなりで舌打ちする凛。

「そうか?」

と気安く声をかけると、睨まれたので黙った。

俺には仲のいい兄弟みたいに見えたんだけどな。

III

＊

五月になった。最近、深夜のラコステ前では凛のブレイキン講座が絶賛開講中だ。といっても熱心に受講しているのはタクトだけだったけれど。

テツローはすぐに音を上げ、俺は最初から乗り気じゃなかったのだ。俺はどちらかというと、八〇年代のこてこてのヒップホップが好きだ。というわけで、三点倒立から始まった凛とタクトの旅は今チェアーという技にさしかかっている。

チェアーは腕と頭で体を支え、足をひねってフリーズするやつ。ブレイクダンスをするやつなら誰もがよくやる基本中の基本。

凛とタクトは夜中のショッピングモールの生あったかいタイルの上に頭をこすりつけながら幸せそうに練習している。そばでふたりを眺めながら俺は思う。一番幸せな時間ってさ、何かに夢中になって時間を忘れてる時間のことだよな。四つん這いになった凛が張りあげる声がモール中に響き渡る。

「タクちん、がんばれ、左手でねばって、足あげてっ」

三秒ほどタイルを離れたタクトの両足は、けれどすぐに力尽きて地面におちた。真っ赤な顔して両手を広げて倒れこむタクト。顔からふきでる汗のしずくと荒い息。

「どこが痛い？」

と、凛。

「わき腹」

「正解」

タクトの横に尻をつき、凛はドレッドヘアを揺らして笑った。

「正解だよ、タクちん。普段使わないとこに体重がかかるから、わき腹と手首が痛くなるんだ。慣れてくると頭に体重をのせるコツがわかってくるから、いつの間にか痛くなくなってるけどね。ちなみに、いつの間にかっていうのは二、三日じゃないよ」

凛はタクトの目を覗きこむように見て、今度はにっと口を横に引きのばして笑った。出た！　凛のトトロ笑い。タクトのほうはハハハとちょっと苦笑いだ。

「もうちょっとだ、タクちん。足がもちょっとあがればすぐだから。でもやり過ぎると時どき手首がコリッていくから気をつけて」

「こり？」

「うん、コリ」

小柄なトトロはこの上もなく楽しい言葉を口にするように「コリッ」と発音した。

それから、

「あ、そうだ、これあげるよ」

と、ひと際大きな声をあげ左腕を掲げてみせる。気さくなブレーカーが自分の左手首から抜きとったのは、ちょっと年季のはいった赤いリストバンドだった。はい、とタクトに渡す。よく見るとリストバンドには小さな黒いワニのマークの刺繍があった。お馴染みのラコステのワニだ。凛は、はにかみながら、

「俺のお気に入り。なんか毎日ここで練習してると、すごい愛着感じちゃうんだよね」

その時「俺も！」と、いきなり頓狂な声をあげたのはちょっと離れたところで踊っていたテツローだった。

テツローと同じ目の高さのショーウィンドーには、大トカゲサイズにペイントされたワニがいた。そいつに熱い視線をおくりながらやつは歌うように、

「きらめく青春のときを共にした俺のワニちゃんだ」

と言った。

俺たちは四人いっせいにふき出した。

＊

「そろそろグラゼロの振り、考えなきゃな」

その日の帰り際、ぼんやりした声でそう言ったのはテツローだった。

グラゼロは、Tortoise Shellで毎年七月に行われるダンスコンテスト『Summer's Ground ZERO』のことだ。地元ではちょっとしたダンスコンテストで、去年Ｆａｋｅは準優勝だった。優勝したのはあんまり言いたくないけどユーゴ率いるＧｕｙのやつらだ。

もちろん今年は俺たちが優勝を狙っている。この一年間で俺たちはひとりひとりが相当うまくなってるし、信頼関係もばっちり。チーム力もあがってる。今年はいけると、ここだけの話、俺はかなり本気で考えていた。

「振りの前にまず音っしょ」

練習後の疲れもみせず弾むように高らかにそう言い放った凛。

「リクエストあったら、今のうちに受け付けるよ。超～かっこいい音作ってくるから期待してね」

Ｆａｋｅの音担当は凛。振りは基本俺が考えて、そのあとみんなでアレンジしていく。凛が俺に顔をむけて言った。

「いつきちん。今度飯でも食いながら打ち合わせしよう。いつきちんの振りのイメージとか知っときたいし」

「おう。よだれ垂れるくらいやばい振り作ってやるからまかしとけ」

もちろん、その時の俺の頭の中に詰まっていたものは、充分に水を含んだ脱脂綿みたいな心地いい疲労感だけだったけどな。

＊

テツローとタクトは反対方向なのでモールを出たところで別れた。凛とならんで、夜中は閑散としている歩道を歩く。

「そういえば最近、マモルの顔見ないね」

路駐された自転車をよけながら凛がぽつりと言った。言われてみると二週間くらい見ていない気がする。

「気が向いたら、またそのうち来るんじゃないか」

歩道の石ころをスニーカーのつま先で蹴っ飛ばしながら俺はてきとうに言った。マモルの四角い顔が一瞬頭に浮かんだが、すぐに目の前の夜に紛れて消えていった。すぐ横の国道二号線を長距離トラックがビュンビュン走りぬけていく。こっちは昼間以上の騒音と排気ガスでとても賑やかだ。三台に一台くらいはハイビームのまま走っているのでやけに眩しい。刺すような光に顔をしかめながら、俺は凛に前から聞いてみたかったことを聞いてみた。

「凛ってさ、ジェイのことになるとすげえムキになるよな。昔チームを組んでたって言ってたけど、なんかあったわけ？」

　流れるライトに照らされた凛の顔が、俺の横でみるみるひん曲がっていくのがわかった。ＣＤラジカセの入ったリュックを右肩から左肩に心地悪そうにかけ直しながら、凛は唇を突きだしてしばらく押し黙っていた。俺たちのすぐ横の追い越し車線を大型トラックが轟音とともに走りぬけていく。地響きみたいなすごいエンジン音を無言で数台見送った。凛は三歩ほど先のコンクリートを見ながらやがてぽつりと口を開いた。

「ジェイはさ、あいつは、昔はあんなじゃなかったんだ」

　ともすると、深夜の騒音と暗闇にかき消されてしまいそうな凛の声を俺は黙って聞いた。

「あいつはさ、ユーゴに会って変わっちまった。俺と組んでる頃のあいつは、もっと曲もダンスも滅茶苦茶だった。ふたりとも今より全然ヘタクソだったけど、そのぶん誰もついてこれないようなすげえ発想をもってたし、自由だった気がする。雨の音とか、風の音とか、そんな音で振りを考えたり、ダンスだってヒップホップかどうかもよくわからなかった。けど十年後にはきっとこれがニュースタイルになってるとか言ってさ。でも中三の時、ふたりで行ったクラブでユーゴが踊ってるのを見たんだ。すげえ衝撃だったよあれは。頭の真ん中にピンポイントで雷が降ってきたみたいにビビッときた」

わかる。俺なんか泣いたし。

「でも、俺のとなりでジェイは雷どころじゃなかったんだ」

「泣いたのか?」

「まさか。泣いてはないよ」

「……ああ、そう」

「泣いてはないけど、ジェイのやつ、一週間くらい夢うつつって感じだった。そのあとからだ、ジェイがユーゴの真似するようになったのは。ユーゴがやってたステップを熱心に練習したり、ユーゴが踊ってた曲ばっか使うようになったり。高校にあがってユーゴにGuyに誘われて、あいつ、ほんとに小躍りしながらよろこんでた。でも、いつきちんならわかるだろ、誰かの真似じゃだめなんだ。自分のスタイルと世界を見つけて自分の足で踏みこんでいかなくちゃ、ほんとは誰もどこにもいけない。あいつはなんにもわかってない。だから俺は証明したいんだ。あいつに勝ってお前はまちがってるって言ってやりたいんだ」

凛の声は熱っぽくどんどんどんどんどん膨らんでいった。俺は思う。純粋な情熱って、いったいなんだろうな。

どうやったってあと一歩のとこでユーゴに勝てない俺が、のた打ち回って考えたように、ジェイもきっと、やつはやつで猛烈に全力でひたすら考えたはずだ。そしてユーゴと一緒にやっていくと決めたやつの道は、やつにとっての正解なんだ、きっと。まちがってると凛は言ったけれど、ほんとうはこいつだってわかってる。ただ俺や自分とやりかたが違うだけだと。

だから、と俺は勝手に結論づける。自然に口もとがにんまりしていたらしい。

「なんだよ、いつきちん」

と、気持ち悪がる凛をさらに眺め回してひとり頷く。

こいつの対ジェイ過剰意識はきっと裏返しなんだ。

凛はジェイをユーゴに取られて、さみしくて子供みたいにすねている。

じゃなきゃ、あんなあからさまに喧嘩なんてできっこないだろ。

＊

点滅信号がちらつく道路わきを俺たちは歩いていた。その時、まるっこいツツジの植え込みの暗がりからかすかに聞こえてくるR＆Bに気がついた。

条件反射で覗いてみると、いた。Ｇｕｙの連中が。そういえばこの辺りで練習していると言ってたっけ。

凛が視線をはしらせるのとジェイが気づくのがほぼ同時だった。ふたりの反応は対照的。「ちぇっ」と舌打ちする凛と、「よう」と手を振って近寄ってくるジェイ。

「もう終わるとこなんだ、一緒に帰ろうぜ」

と凛を誘う幼なじみ。

「誰が。通りかかっただけだ」

と突っぱねる幼なじみ。

俺は暗闇に目をこらしながらふたりの間で声をあげた。

「なんだ、ユーゴはいないんだな、仲間割れか？」

ジェイは目だけで笑ってみせて、

「あいつは普段はＳＩＬＫでやってる。路上でやるのはイベント前だけだ」

ＳＩＬＫは市内にある有名なダンススクールだ。すばらしいプロフィールをもつプロのダンサーが、すばらしいスタジオですばらしいレッスンを九十分。月一万五千円ナリ。うわさではユーゴは特待生で、ただでレッスンを受けているとか。深夜のこんな暗がりの路上とはかけ離れた場所で、やつは豊富な技術と最新の知識をあますことなく吸収しているというわけか。

俺の視線は自然とジェイのうしろにそろりと流れた。暗闇のウィンドーに映るわずかな自分の影を頼りにうごめくやつら。だいじょうぶなのだろうか、こいつらの信頼関係は。

「行こうぜ、いつきちん」

気がつくと、凛が俺の腕を引っぱっていた。俺は思わず立ちどまる。ジェイの顔を見て、それから凛を見た。

「お前、ジェイと一緒に帰れよ。原付で送ってもらえてラッキーじゃん」

目をぱちくりさせながら俺を見返してくる凛に俺は一気に言ってやった。

「自転車はあした電車できて帰りに乗って帰ればいいだろ。俺はここでいいから、じゃあな、またあした」

そう言うと、凛の手をするりとほどいて点滅信号の横断歩道を駆けぬけると、反対側の歩道から大きく一度腕を振った。道路の向こう側で凛がなにか叫んでいたが聞こえないフリをして、そのまま走って家路についた。

たったひとりのありがたい幼なじみなんだから、大事にしなきゃな。

*

マモルが入院していると教えてくれたのはうちのばあちゃんだった。総合病院の待合室でパジャマ姿のマモルを見たと言った。

「ほら、あの目のくりっとした、いつきの同級生じゃった、カメみたいな男の子」

まちがいない。それで俺は学校帰りの夕方、川べりの総合病院に足を踏み入れた。

特別仲がいいってわけじゃないけど、なんとなくほっとけないやつなんだよな、昔から。

マモルの病室は三階のナースステーションのすぐ横の個室だった。俺は扉を叩くと銀色の管のような取っ手をつかんで勢いよく引きあけた。

「よう、親友」

マモルはベッドにすわって週刊少年ジャンプをよんでいた。俺に、というより俺の声に驚いたようで、ベッドの上でやつの体は三センチほど飛びあがった。

「黒川くん」

ビー玉のような潤んだ目で俺を見る。マモルのまるい目からじんわりと水みたいな涙が染み出てきたので俺はちょっとびびった。今度はお返しにこっちが五センチくらい飛びあがりそうになった。なんて言っていいかわからず、とりあえず折りたたみのいすをひき寄せながら、

「産卵がはじまったかと思うから泣くのはよせよ」

と言ってみた。マモルは声を震わせて、

「だって僕、友達がひとりもいないから、誰かに見舞ってもらったことがないんだ。

黒川くんが来てくれてすごくうれしい」

俺は手ぶらだということに、この時気がついた。

足もとに置いた潰れたスポーツバッグをさぐると、七月のグラゼロのフライヤーが出てきたのでそれをやることにした。かばんに直接突っこんでいた葉書サイズのそのフライヤーは角がよれよれでみすぼらしかったが、気にしないことにする。

「さ来月、クラブでダンスコンテストがあるんだ。前にクラブに行ってみたいって言ってただろ。俺たちが優勝するから見に来いよ」

俺が誘うとマモルの顔は新品の蛍光灯みたいにぱっと明るくなった。デザイン重視の文字の少ない小さなチラシを大事そうにジャンプの上に置く。けれどその顔は突然ブレーカーが落ちてしまったように、みるみる暗くなっていった。頭も手足も引っこめて、甲羅の中からやつは言う。

「やっぱりいいや。僕、行かない」

「なんで？　クラブなんてたいしたことないんだぜ。ショーが始まるまでは俺たちが一緒にいてやるからよ」

けれどマモルのうなだれた首はもち上がらなかった。やがて、こもった声が聞こえてきた。

「僕、二十歳まで生きられるかどうかわからないんだ。お医者さんからも両親からもそう言われてる」

今度こそ俺はなんて言っていいかわからず、鯉みたいに口を半分開けたまま、ただじっと丸くなったマモルの背中を見ることしかできなかった。カメみたいに縮こまったマモルは俺の視線を避けるようにのろのろと話しだした。

「小さいころから僕は入院ばっかりしてるし、みんなが普通にやってることでも僕にはやっちゃいけないことがいっぱいあった。体育はいつも見学で給食は僕だけお弁当。日なたは紫外線が強いから登下校はなるべく日陰を選んで歩きなさいって母さんから言われてた。ねえ、黒川くん。いろんなものをあきらめながら生きてるとさ、だんだん自分が透明人間になっていくんだ。体も心も透明になってなんにも感じなくなる。そのうち僕が消えちゃっても、きっと誰も気がつかない」

マモルはへへ、と泣き声のような笑い声を洩らして、

「僕なんかが、クラブなんて行けないや。僕、あきらめるのは慣れてるからだいじょぶだ。ジムもやめるつもりだし、あの場所にももう行かない」

マモルの頭は砲丸投げの鉛の玉になってしまったように、どんどんどんどん前のめりに埋もれていった。俺はスチールいすに腰掛けたまま、同級生の白くて柔らかそうなうなじを黙って見下ろすことしかできなかった。心が下に下に引っぱられていく。そのうち自分のみぞおちのあたりがかっと火をつけたみたいに熱くなるのを感じたけれど、ベッドの上で石ころみたいに丸くなったマモルに何も言ってやることはできなかった。

マモルの手の中で、色鮮やかなフライヤーがちょっとずつ小さく折れ曲がっていく音だけが耳についた。

IV

＊

六月になった。梅雨。雨、雨、雨。

深夜のショッピングモール事情に最近ちょっとだけ変化があった。といっても俺以外のやつにとっては別段気にもとめないような些細で、ささやかな変化だったけど。

それは、モール一番乗り常連の俺がこの頃は二番手にあまんじているっていうこと。俺にとっちゃ、ゆゆしきことだ。

俺がモールの入り口に立つと、そこにはだいたいいつも凛とリュウジがいるのだ。ふたりはたいてい掲示板横のエレベーター前で楽しそうに話している。

誰とでも（動物、幼児を含む）すぐに仲良くなってしまうのが凛の天性の得意技だから、ふたりの組み合わせを意外と思いはしても、たいして驚いたりはしなかったけどな。だってあのトトロ顔で微笑まれると、たいていのやつは警戒心を放り投げてしまうだろ。

俺が姿を見せると、凛がラコステ前に戻ってくることもあるし、俺がエレベーター前に出向く時もあった。その日は俺がふたりの中に交じろうと近づいていくと、CDラジカセの前にしゃがんでいた凛がにやりと笑うのがわかった。「なんだよ」と言う前に凛が言う。

「ねえ、いつきちん、ちょっとこの曲、聴いてみてよ」

凛はラジカセに無地のCD-ROMをのせると再生ボタンを押した。俺は掲示板の横で立ったまままそれを聴いた。

それは奇妙な曲だった。

最初に聞こえてきたのは、低い、唸るような風の音。それはかすれたアルトサックスの音だった。演奏前に試しに出すような、体育館裏から聞こえてくる吹奏楽部の音みたいなやつ。やがてピアノが混じる。細かい雨粒のようなピアノ。それがしばらく続く。ピアノとサックス。七〇年代のジャズみたいな組み合わせ。曲調はレゲエにちかい。いや、レゲエとジャズとR&Bをごった煮して、トッピングにアフリカン、全体の味をヒップホップで整えた感じ。奇妙な一品。珍味。初めての触感。

「どう？」

曲が終わると、凛が俺の目をのぞきこんできた。俺は少し考え、もう一回聴いてみたいと思っている自分を確認する。それで、

「いいんじゃないか」

と言った。凛は子犬のように喜んでリュウジを見る。

「ほらね、いつきちんならわかってくれると思ったんだ。この曲、リュウジが作ったんだよ」

「そうなのか」

俺は驚いてリュウジを見た。やつはエレベーターの扉に体をあずけ、涼しい顔で俺に微笑みかけた。

「凛が前に言っていた風や雨の音と、お前から聞いたインディアンの話をイメージして作った。この曲の振りを今考えてる」

俺は大きくうなずいた。なるほど。言われてみればあきれるほどイメージ通り。でもイメージってこれほどくっきりと音で紡いでしまえるものなのか？

俺は思いを馳せる。やつは曲を作る姿を絶対誰にも見せない。なぜならインディアンの羽を織りこみながら曲を紡いでいるからだ。もしも誰かに見られたら、どろんとインディアンの姿に戻って故郷に帰ってしまうのだ。

俺はインディアンに言った。

「振りができたら、ぜひこっそり見せてくれ」

リュウジはまた涼しい顔で微笑んだ。

どうしてこっそりとかって？　だって今度こそ本当にやつのダンスで腰を抜かしてしまうかもしれないだろ。

＊

ちがう高校に通う俺とユーゴが市内でばったり出くわすなんて、ありそうで結構めずらしいことだった。

俺は学校帰りの夕方、市内の紀伊国屋書店に本日発売のストリート系ダンス雑誌を買いに来ていた。毎月五四五円で仕入れられる俺たちの貴重な情報源のひとつ、気になるダンサーや最新のストリートファッションのチェックを俺は欠かさない。誰かのマネなんてダサイけど、でもエミネムのかぶってたニット帽のレプリカなんて、やっぱよだれ垂れるくらい欲しいだろ。

エリートフォースの特集ページをぱらぱら流しながら平和公園を歩いていると、見通しのいい視界の先にゴマを撒いたようなハトの群れと、そのハトたちを従えるようにすっくと立っているうしろ姿を見つけた。

遠目でもわかる、存在感のある墓標のような背中。俺はうつむきぎみに静止しているハトたちをよけながら、やつのそばまで歩いていった。

よう、と声をかけるとユーゴはあからさまにいやな顔をした。

「なんだ、ひとりか？」

気安さが売りなので、俺は構わず気安くユーゴのとなりで笑ってやった。よく見るとやつのひたいには玉のような汗がびっしり。薄い両肩は大きく上下し、自慢のスキンヘッドからはゆらゆら陽炎《かげろう》のような湯気が昇っている。すごい熱気。これはもう熱気というより殺気に近い。なるほど、平和のハトもうつむくわけだ。

タイルの上に転がったCDラジカセからは、ボリュームをしぼったヒップホップが流れていた。

深夜の仲間との練習はやらなくても、まだこんな明るい時間から、こんなところでこんなに熱心にひとりではやるらしい。

ユーゴは黙って屈みこむと、足もとのラジカセをオフにした。

「なんだよ、俺にかまわず続けろよ」

「ばーか、もう終わるとこなんだよ」

なるほど、ユーゴくんの生意気ぶりは今日も変わらず健在のようだ。やつはスポーツタオルをスキンヘッドに巻きながら俺を見上げて言い放った。

「俺はこれからＳＩＬＫだ」

こいつ、線引くみたいに言いやがった。

思わず眉間《みけん》に三本しわが寄る俺。体の中を黒いミミズがにょろりと蠢《うごめ》くような不快感が走る。すぐに思い当たる、俺は知ってる。このミミズの正体を。それは深夜の路上のウィンドーに映るわずかな自分の影を必死に追いかけていたＧｕｙのやつらのシルエットだ。

——あいつは普段はＳＩＬＫでやってる。路上でやるのはイベント前だけだ。

そう言って頼りなげに笑ったジェイの横顔。ジェイはユーゴにＧｕｙに誘われて小躍りしながら喜んだという。

俺は眉間にしわを刻んだまま唸るように言っていた。

「お前、なんでＧｕｙの連中とやらないんだよ」

ラジカセからＣＤを抜き取っていたユーゴは俺を見上げて動きをとめた。その顔は豆鉄砲を食らったハトみたいで、ちょっと笑えた。いや笑えない。俺はやつの答え如《い》何《かん》でこいつの鼻づら殴りとばしてやろうと利き手を硬く握っていたのだ。

いつものように冷たい笑いを口もとに貼りつけながら揶揄《やゆ》してくるのかと思ったが、ユーゴは予想に反して黙ったままだった。黙ってタイルの上に転がった空のペットボトルやＣＤラジカセを回収し、手早く身支度を終えると大儀そうに立ち上がった。そして唐突に言った。

「俺は高校出たらロスに行く」

いきなりの宣言に俺は息をするのも忘れて瞠目した。

何か言おうと口を開いたが、言葉は何も出てこなかった。

一瞬のうちに、頭の中が真っ白になって、でも同時にどこか冷たい部分で、すべてを納得している自分がいることもちゃんと認識していた。

気がついたらラスト一周を知らせる鐘の音のように、激しく連打される警鐘が頭の中で息が詰まるほど鳴っていて、

「——なに、言ってんだよ、お前」

俺は追い詰められた者のように声を絞り出していた。

「寝言言ってんじゃねえよ、てめえのチームひとつまとめられねえやつが、えらそうなこと言ってんじゃねえよ」

俺の声はもう悲鳴に近かったかもしれない。

ユーゴは噛み付くような視線を突きつけてきた。

「黙れよ、いつき」

ざらついた声で俺の悲痛な声を切り捨てると、抑揚なくやつは言う。

「卒業したら、みんなどうせばらばらだろうが。俺たちはそれをちゃんと知ってるだけだ、別にうまくいってないわけじゃない、お前に心配される筋合いもない。Ｇｕｙでやるのはあと一年だと、俺たちは最初から決めてるんだよ」

風が吹き、熱を冷ますように風の吹くほうに顔をさらすユーゴ。

「お前らこそどうなんだ」

やつの切れ長の一重が何かを見透かすようにすう、と細くなった。

「いつまでやってくつもりだよ」

あの仲良しグループで、とユーゴは言った。俺は答えられない。のどの奥が干上がってしまったように言葉は何も出てこなかった。

ユーゴはナイキのスポーツバッグを右肩に引っかけると、

「お前らが超がつくほど間抜けなのは知ってるけどな、それでもわかってんだろ。いつまでも同じ場所にはいられないってこと」

俺に背中を向けると、そのまま挨拶もなしにやつは大通りのほうに歩いていった。

不意に俺の足もとから灰色のハトたちが一斉に飛び立つ。泡立つ羽音と動物臭が立ち上がるなか、置いてけぼりにされたみたいに俺だけがタイルの上に残った。

*

ビルの谷間に夕日がぬらぬらと落ちていく。

くすんだ茶色の原爆ドームが望める平和公園に、俺はまだいた。丸太のベンチの先っちょに尻をつき両足を伸ばして両腕はだらん、首のうしろをベンチの背もたれに押しつけて、暮れていく晩春の空と対面していた。

すぐとなりにはエリートフォースの特集号が風にめくれて乾いた音をたてていたけど、買ったばかりのその本はとっくの昔に脇に押しやられてもう完全に忘却の彼方だ。

——高校出たらロスに行く。

いとも容易くそう言ったやつの言葉が心臓の真ん中に焼きついて動けなかった。

夕暮れの空には、溶けそうで溶け込みきれない灰色の雲が煙のように遠くまで長く薄くたなびいている。

「行きたい」じゃなく「行く」と言ったユーゴの目に宿る慧眼《けいがん》と盲目に、俺は息ができなかったのだ。

認めたくはないけれど、ものすごい焦燥感に体中を焼かれて身じろぎひとつできなかった。

揺るぎない意志と強い心でどんどん己が道を切り開き、ひとりでずんずん先に行ってしまうユーゴと自分との取り返しのつかない差を見せつけられた気がして、いてもたってもいられなくて、足もとのタイルにひびが入り、流氷みたいに自分だけが遠くに押し流されて目指す希望の陸地が点になって霞んでいくようなめまいに襲われ、足にうまく力が入らなくて、気がついたら、首筋にじっとりと煮詰まった汗をかきながら負け犬みたいに吠えていた。

えらそうなこと言ってんじゃねえよ、と。

落ちていく太陽を眺める俺の頭の中に、その時、ぱっと閃くものがあった。

頭の中をその時、花火みたいにフラッシュバックしたもの、それは、あの日ソロバトルで凛がきめたワンハンドエアベイビーだった。

なぜ今、それが急に浮かんだのか——。

白い砂漠みたいに輝く舞台で、逆立ちしたまま片手を離し、瞬きの間の時間だったけれど、それでも確かに鮮やかに中空にフリーズしてみせた凛の大技。

「ワンハンドエアベイビー」

口の中で呟いてみる。

それはまるで、今俺たちの立っている場所みたいだ、と思った。

あの浮遊感が。

派手で刹那でアンバランスで。ともすれば天地を見失いそうな眩暈《めまい》の感覚——。

日光写真のようにどんなにくっきり焼きついていても、それは瞬きほどの一瞬でしかない。宙に浮いた凛の体はいつまでも同じところにはとどまっていられない。

——お前らが超がつくほど間抜けなのは知ってるけどな、それでもわかってんだろ。いつまでも同じ場所にはいられないってこと。

そんなことはわかってる。俺たちはずっと一緒じゃない。Ｆａｋｅだっていつかは終わる。俺たちは俺たちの場所を失う。そして失った場所には二度と戻ってこられないことも知ってる。Ｆａｋｅは永遠だと誓っても、あと何回俺たちは四人で踊ることができるんだろう。

目を瞑るとまぶたの裏が熱い。対峙した夕焼けが体の中に入ってくる。胸をかきまわす焼ける思い。

ああ、切なさに焼かれる。

＊

翌日の学校帰りの夕方。

俺は川べりの総合病院の自動ドアをくぐっていた。今も週二のペースで、俺はマモルの病室に通っているのだ。

鼻をつく煮詰まった消毒液の臭いと、籠った人の気配がむあ、と押しよせてくる受付ロビーをスルーして、リノリウムの廊下をエレベーターのほうに向かって歩いた。別に通学路の途中に病院があるわけじゃなかったが、クラブ活動をやっているわけでもない俺は、真っすぐうちに帰ったところで母親に小言を言われるだけだし、夜ショッピングモールに繰り出すまでの時間、暇つぶしに寄ってるだけだ。エレベーターの「3」のボタンを押しながらいつも確認するように、そう思う。

「よう」

と、病室の重い扉を引き開けると、マモルは背中を丸めて緑の盆の上に配膳された晩飯を食っているところだった。五時を回ったところで、まだまだ蛍光灯の明かりもいらないくらい外も中も明るかったが、病院の夕飯は早い。これじゃあ寝る前にもういっぺん食わなけりゃ腹が減って眠れないだろといつも思うが、マモルが言うには十時には電気を消されちゃうから眠ってしまえばお腹も減らない、んだそうだ。夜十時と言えば俺たちがラコステ前のショッピングモールで踊り散らかしているころだ。同じ時間に電気を消された病室で布団をかぶって寝かされている世界があるなんて、どこか遠い国のおとぎ話みたいで全然ピンとこない。

デザートのヨーグルトを食い終わったマモルは緑の盆をテーブルの端に押しやると、俺の顔を見て満面の笑顔を浮かべた。俺はスポーツバッグの中から角がよれた少年ジャンプとマガジン（もちろん今週号）を引っ張り出し、ベッドの横のサイドボードにどんと置いた。

「ヨーグルト、口の横ついてるぞ」

手の甲で口もとを拭いながら、

「いつも、ありがと」

と、マモルは首をすくめてはにかんだ。

「気にすんな、俺はもう読み終わったし」

壁に立てかけられたスチールいすを引き寄せながら俺はにんまりほくそ笑んだ。毎週けっこうかさばるマンガ雑誌を母親の目にとまる前に処分できて、実は至極満足しているのだ。

スチールいすに腰掛けながら、その時、突然噴き出した俺に、ベッドの上でぎょっと身じろいだマモルは、そのあまりの唐突さに怯えた目をして俺との距離をとった。

「テツローのアフロさ、今日を限りに散り行くさだめなんだ」

腹を押さえながらもなんとか話し出す俺に、もちろん意味がわからずマモルは目を丸くしたまま固まっている。

「あいつさ、アフロにした次の日、包帯頭にぐるぐる巻きにして登校して来て、えらい騒ぎになっちゃってさ」

「え、頭にぐるぐる巻き？」

「そう、どんな大ケガだ」

と、俺はまたひとしきり大笑い。

「朝から学校中大騒ぎになって、結局テツローのやつ朝一で職員室に呼ばれちゃってさ、全教師たちの前であいつ平然と言ったんだ。歩いてたら車にひかれましたって」

「……まあ、ありえなくはないけど」

「ありえない、ありえない。ひき逃げだから犯人はわかりませんとか、自首してきたけど大物政治家の秘書だったたから新聞には載りませんとか、まあ、適当にごまかしてたんだけど、今日とうとうバレてさ、それはもう大目玉」

腹筋が引きつるほど可笑しくて、俺はもういすから転げ落ちそうな勢いだった。

「だいじょぶなの？」

と、困ったようにまゆを寄せながら、マモルも体を揺らして笑っている。

「あしたまでに丸坊主にして来いって、学年主任が怒鳴る声が廊下の端っこまで響いてたよ。今日はこれから泣く泣く断髪式だって嘆いてたから、夜会うのが楽しみだ」

苦しい、苦しい、と声をあげながら俺とマモルはしばらくの間、大笑いした。

俺たちはそんな他愛のない話をいつも二、三十分ほどする。

そしてじゃあなと言って立ち上がった帰り際、シーツのしわの上に所在なさげに視線を漂わせながらマモルが籠もった声で言った。

「黒川くん、いつもごめんね」

ドアの取っ手をつかんでいた俺は、

「何がだよ」

と、肩越しに振り返る。

「いつも、わざわざ来てくれて」

「わざわざじゃないっつうの」

「うん」

ベッドの上で首を引っ込め楕円になったマモルは消え入りそうな声で、

「でも、ごめん」

と、また言った。

さっきまでの屈託のない大笑いがうそのように、不安げに怯えたように少しだけあがる口角を見て、胃のあたりが熱くなった。

不意に腑抜けた風船みたいにぶよぶよに丸くなったマモルをぐちゃぐちゃにしてやりたい衝動が突きあがってきて、

「くだらないこと言うならもう来ないからな、ばーか」

つかんだ取っ手を引き開けると、俺はそのまま部屋を出た。

扉が閉まる間際、身を守るカメのように小さくなったマモルの、絞りすぎたぞうきんみたいな横顔がちらりと見えて、胸の中がえぐられたみたいにやりきれなくなった。

＊

てらてらと光るリノリウムの床だけを見ながら廊下を進んだ。

ストレッチャーを押した看護師とぶつかりそうになって慌てて壁際に避《よ》ける俺、思わず下唇に力がこもる。

なんだよ、ごめんって。

俺がマモルに伝えたかったことは、そんなことじゃないのに。

外に出ると、ロータリーに漂う排気ガスが生暖い風になって顔を覆った。表はいつの間にか夕暮れ時だ。

遠くから救急車のサイレンがだんだん近づいてくるようだ。どこかで狂ったように犬が吠えている。

俺ははっきり言って、生きることがすばらしいと実感したことなんてないし、いっそ死んでしまったほうが楽になれるんじゃないかと思うことのほうがしょっちゅうだ。それでも死にそうになってベッドの中に沈みこんでいったマモルを見た時、わけもわからず腹が立った。無理やりにでもマモルの腕を取って一緒にどこかに飛び出していこうって言ってやりたくなった。

だから、これは俺の本心だ。

やれることは限られてるかもしれないけど、それでも足を踏み出すことはできると思う。ジムをやめたって俺たちの場所に来ていいんだ、あの場所がお前の場所だって言うなら、お前の場所になるんだ。だから、あきらめなくてもいいことまであきらめるなよ、俺たちだっているんだから。そうだろ、マモル。

言うべきことはあとからあとから突きあがってくるくせに、肝心な時にはなんにも出てきやしない。

振り返ると病院の白壁はすっぽりと薄暗いグレイに覆われていて、空々しく俺たちを見下ろしているように見えた。

お前は透明人間なんかじゃないってこと。

俺はマモルにそう伝えたかったのに。

長く伸びた自分の影を踏みながら、とぼとぼと家路につく俺。さっきよりも近づいてきた救急車のサイレンが、何かをせき立てるように俺の心の中を煽った。

＊

それでも、伝えられなかった言葉たちを伝えることのできる明日が、当たり前にやってくるのだと俺は何の疑いもなく思っていた。そこに仲間がいることが、息を吸うことのように当然なことだと。

そうではなかったのだと知るのに、あの時の俺たちはあまりにも無防備すぎたのだ。

＊

その日は朝から雨が降っていた。

時間が経つにつれ雨脚はどんどん強くなり夜には土砂降りになった。俺たちの場所からモールの外を眺めると、雨のしずくが跳ねかえった飛沫で辺りは白い草原みたいに煙って見えた。滝つぼの内側にいるような気分だった。ちょっと早めだったが、その日、俺たちは十時すぎに解散した。

俺の携帯が鳴りだしたのは日付の変わる時刻だった。ディスプレイに「凛」の文字。なんだよ、曲の話ならあしたでいいだろ。そんなことを思いながら電話をとったと思う。

「いつきか」

聞こえてきたのは凛の声じゃなかった。

「英二だ」

と、声は言った。

エイジ？　最初、ピンとこなかったが思いだした。英二。Ｇｕｙのところのジェイだ。なぜだかみんなからジェイと呼ばれているのだ。

「なんだよ」

と言った俺の声はかすれていたかもしれない。電話口から聞こえてくるジェイの声から、ただならぬ空気がびしびしと伝わってきたからだ。

ジェイは感情のない声で言った。

「――凛が死んだ」

俺がなんと返したのかは覚えていない。覚えているのは窓の外と電話の後ろで遠く近く間断なく雨の音がしていたということだけだ。

ザアア、
ザアアア。
ザアアアア……。

＊

その後の記憶はストロボのよう。ちかちかした場面でしか覚えてない。

あっという間にずぶ濡れになった生温いスニーカー。病院の回転扉。泣きはらした凛の両親の真っ白いうなじと手の甲。肌寒い廊下。

そして――

少し引きつって笑ったように見える凛の顔。

ザアア、
ザアアア。
ザアアアア……。

うそだろ。

うそだよな。なあ、凛。

うまく立てないと思ったら自分の体がひどく震えていた。こんな地下の霊安室までとどくはずもないのに、その間もずっと聞こえていたような気がする、雨の音。

ジェイは外来の待合室のソファーで、警察のやつらとえらく長い時間話していたような気がする。

＊

俺は電気の消えたロビーでひとりで待っていた。警察から解放されたジェイが俺のところにやってきたのはもう明け方近かったかもしれない。俺たちは無言で夜間用出入り口から外に出ると、病院の小さな駐輪場に向かった。そこには雨を凌げる屋根があったのだ。饐《す》えた臭いの駐輪場の隅っこで俺は黙ってジェイの声を聞いていた。

いつもの点滅信号の歩道わきで、じゃあなと言って俺と別れた凛はジェイの原付で二ケツで帰ったそうだ。俺は知らなかったが、俺が凛を置き去りにして帰ったあの日から、時どきふたりで一緒に帰っていたそうだ。

凛の家の近くの二号線の路肩で凛をおろしたジェイ。凛はヘルメットを投げてよこすと雨の二号線に飛び出した。

白く煙るアスファルトは霧のよう、視界は一寸先もなかったそうだ。一瞬、白い闇の通りが乱反射したような光のかたまりに呑まれた。それがハレーションを起こしたトラックのハイビームだとわかった時には、大型トレーラーはもう凍りつくようなスピードで突っ込んできていたそうだ。アスファルトが沸騰しているみたいな雨音が、大地を引き裂くブレーキ音にかき消され、飛散したライトの破片が錯綜するなか、誰かの悲鳴が千切れとんだと思ったら、必死で凛の名前を叫んでいる自分の声だったそうだ。跳ね上がる水飛沫《しぶき》が覆いかぶさるほどの白い壁になって突きあがった刹那、世界が一瞬だけ静止して見えたとジェイは言った。そして次に動き出した時、見たものは、目の前に飛び込んできた鉄のかたまりをかわそうと凛が跳んだ方向に、横倒しになった別のトレーラーが滑ってきているところだった。

ジェイはまだ喋っていたが、そのあとのことはもううまく耳に入ってこなかった。ジェイの声も雨の音も、世界の外側からわずかに洩れ聞こえてくるさざ波のように遠く感じた。

いつの間にかジェイは話し終わっていたが、俺は雨の駐輪場から動かなかった。やっぱりも動かない。俺はひとりになりたかったので、

「帰れよ」

と言った。

根こそぎ、体の中のものをえぐりとられた気分だった。

頭の中にはなんにも残ってない。ぼんやりと何か見えると思ったら、濡れそぼった自分のスニーカーのつま先だった。後から思い出す時、俺が映像として覚えているのはこの黒ずんで毛羽立ったスニーカーのつま先だけだった。みすぼらしく、いつもよりひとまわり小さく見えたコンバースの先っちょ。靴紐を直そうとしゃがんだ瞬間、息ができなくなった。突然のどが潰れるほど嗚咽したのだ。

苦しい。

ゴーゴーと聞こえてくるのは雨の音かと思ったら自分の頭の中で鳴っていた。苦しい。この土砂降りの雨よりも俺の涙の量のほうが多い。苦しい。俺は奥歯を喰いしばって泣いた。泣きながら何度も同じ言葉を吐いていた。なんでだよ。

なんでだよ、凛。

＊

一生明けないと思った夜は明け、二度とやまないと思った雨は翌日にはあがった。

俺はテツローとタクトに電話をいれた。

制服姿で三人で葬式にいったのは二日後のことだった。黒い幕のそばにすわっていたジェイとは話をしなかった。誰も何も喋らなかった。俺たちはバス停の前で視線も交わさず別れた。

そして俺は次の日からショッピングモールに行かなくなった。

毎晩毎晩、夢を見る。俺は必死で喋っている。なにしてんだよお前、そこにいるんだろ、うそつくんじゃねえよ、もう帰ろうぜ、つきあってらんねえって。なにやってんだよ、眠みいし寒いし帰ろうぜ、ばかじゃねえのお前って、くやしいんだよ、息ができねえよ、信じられっか、なんとか言えよ、早く帰ろうぜ、なにやってんだよ、帰るっつってんだろ、早く来いよ、置いてくぞばかやろう、くやしいんだよ、早くしろよ、なんでだよ。なんでだよなんでだよなんでだよ――

くやしい。凛。くるしいよ。凛。ほんとは、うそなんだろ。くそっ。くそっくそっくそっ、信じられっか、……畜生。

暗闇の中、泣きながら目を覚ます。声を限りに叫び出したいのに声は一ミクロンも俺ののどから出ていかない。何を叫んでいいのかもわからない。死ぬことの意味も。死んだらどうなるとか、もう会えないとか、そんなことじゃなくて。

ただ凛の顔がちらつくたびに、暴力的なまでに流れ出す涙の意味を誰か教えてくれよ。

*

中二からダンスをはじめて一日もかかさず通っていたのに、こんなにあっけなくあのショッピングモールに行かなくなってしまったことが信じられない。今は丸三年毎日かかさず通っていたことが信じられない。

何をしていても凛の顔がちらついて、ところかまわず涙ぐんで、なんの気力も湧かなかった。

それでもおかしいくらい何も変わらない日常で、俺は頭の中で何万回も同じ言葉を唱えている自分に気づく。俺は漫然とした頭の中でこう言っていた。笑うな。笑うな。笑うな。笑うな。笑うな。笑うな。笑うな。笑うな。笑うな。笑うな。

笑うな。笑うな。

＊

一週間、学校を休んだ。でもそれ以上は親が許さなかったから渋々行った。通学路の景色も教室も、シャッターが下りた商店街のように俺の目に留まるものはなかった。何も俺に向かって開かれてない気がした。

教室の自分の席に座っていると、なんだか可笑しくなってきた。別にこの席は俺の席ってわけじゃないのに。このいすは俺の所有物じゃないし、席替えすれば俺は難なくちがういすに腰を下ろす。俺はただひと時、ここに座ることを義務付けられたにすぎない、俺の席だなんて思い違いもいいところ。

あの場所も同じ。俺たちはあのショッピングモールを俺たちの場所だと言っていきがって、おもしろがって、ただ遊んでいただけだ。凛のやつなんて自転車で三十分もかかるのに、毎日毎日やってきて、それどころかあいつはダンスのために高校までやめて。

なにやってんだよ、凛のやつ。ばかなんじゃないの、お前って。

でも、ほんとは羨ましかった。そんな生きかたができる凛が。

＊

何をそんなに熱くなっていたのかと思う。たかがダンスに。

別にプロになれる保証なんてないのに。俺にはユーゴみたいな才能もなければカリスマ性もない。地元のちっちゃなイベントでぶつかるたびに、いちいち突っかかってはライバル気取り、あいつは俺のことなんて眼中になかった。きっと鼻で笑ってる。せいぜい井戸の中の小さな世界で一喜一憂しながら遊んでろ、お前にはそれくらいがちょうどいい、あいつはいつもそんな目で俺を見ていた。

もうダンスなんてやめてしまおう。

＊

六時限おわりの曇り空の放課後、下駄箱でかかとの潰れた上靴からスニーカーに履き替えていると名前を呼ばれ、振り向くとテツローが立っていた。やつはくしゃくしゃに折れ曲がったスポーツバッグを肩に引っかけた姿勢で、なんだか頼りなげに閑散とした廊下に立っていた。数秒表情のない顔で俺を注視すると、言った。

「お前、だいじょぶか」

お前こそだいじょぶかと声をかけそうになるほど、テツローの顔は青白く虚ろだった。

となりのクラスのテツローとは凛の葬式のあと、バス停で別れたきりだった。

一〇〇年ぶりに再会したような眩しさに、目の奥が一瞬きゅっとなった。「テツロー」と声をあげようとしたが、急に石でも詰め込まれたみたいに息苦しくなって、俺はただゆるゆると自分の足元に視線を落とすことしかできなかった。

すると、そこには汚れて先っちょが毛羽立ったコンバースのつま先があって、それが目に入った途端、今度は狂ったようにアスファルトを跳ね上げる滝つぼのようなあの日の雨音がリアルに間近によみがえってきて震え出しそうになった俺は、よろよろとよろけながらテツローに背を向けると、そのままぼんやり歩き出していた。

「タクトから電話あっただろ」

背中からテツローの声が聞こえた。

もう何日も前から毎晩のようにタクトからの着信があった。けれども、どうしても話す気になれなかった俺は無視し続けていた。

「俺のとこにもかかってくるんだ、お前のこと心配してたぞ、あいつ、毎晩毎晩電話口で泣いてんだ」

コンバースのかかとを踏みながら俺はすりガラスの扉に手をかける。

「いつき、」

少しうわずったテツローの声が言った。

「俺たち、だいじょうぶだよな」

曇り空のはずなのにすりガラスを通して射しこんでくる光がひどく眩しくて、俺は顔をしかめて横をむく。いまいましい。

いまいましい、目の奥を貫くこの鋭い痛み。

「また踊れるよな、俺たち」

と、テツローは言った。のろい動作で振り返ると、青白い顔をして突っ立っているテツローの生気のない目とぶつかった。ぼんやりとしているくせに、どこか尋常ではない危うい光を放っている虚ろな目。こいつの顔、こんなだったっけ。ちょっと笑いそうになったが、うまく笑えなかった。

靴のつま先見ただけでこんなに辛いのに、また踊れるわけないじゃん。

絞り出すようではなく、何かが抜け落ちるように言葉は衝いて出ていた。

「俺、やめるよ、Ｆａｋｅ」

ガラス扉を押し開けると俺は曇り空の表に出た。テツローは追いかけてこなかった。

＊

もう明け方近い深夜だったと思う。ピィーという電子音のあと流れてきた抑揚のないタクトの声。

「──いつき、なあ、いつき、起きてんだろ。聞いたよ、テツローから、Ｆａｋｅやめるって、──さっき、聞いた。俺さ、俺、正直ちょっと安心した、俺も同じ、踊れそうな気なんて全然しないもんな、あの場所にも足が向かない、凛のこと思いだしちまって、なんか、辛すぎる、もうダンスなんてできないと思う。──でも、なんでかな、涙がとまんなくて。ダンスやめようって思ったとたん、涙がとまんなくってさ、なあ――」

しばらく唸るような、言葉ではない声だけが通話口から流れ続けた。闇の中に引きずりこまれそうな沈黙のあと、抑揚のない声がまた言った。

「なあ、いつき。どうせ眠れないだろ、会って話さないか」

腫れぼったい顔をあげると、カーテンの外はほのかに明るくなり始めている。白々としたそのわずかな光さえ眩しくて、俺は顔をそむけて目を瞑る。

＊

早朝のＪＲの高架下の遊歩道を、犬を連れた老人が真っ直ぐ前だけ見つめて通り過ぎていく。すぐそばを一級河川が横たわる橋のたもとの河川敷は、雑草生い茂る小さな公園になっている。ブレザー姿のタクトが自転車に乗って河原に現れた時、まだ七時を回っていなかったと思う。

あのいつものショッピングモールで会う気にはどうしてもなれず、俺たちはこの場所で落ちあうことにした。ここは俺とタクトの高校のちょうど中間くらいの場所だった。

早朝の電話で俺を呼び出したタクトは、腫れた目を隠すためか黒ぶちの眼鏡をかけていて、進学校の薄幸の優等生って感じだった。伏し目がちに自転車を下りたタクトが電話と同じ抑揚のない声で「久しぶり」と言った時、俺は防波堤の下の遊歩道を歩いてくるテツローに気がついた。タクトを見やると、やつはそろりと草むらに視線を落として、

「三人で話したほうがいいと思ったんだ」

と言った。

山のほうから地響きのような轟音が近づいてきて、長い長い貨物列車が高架をのろのろと渡っていき川向こうの街の中にきらりと閃くきらめきになって走り過ぎていった。そして朝の河原に再び小鳥さえずる静寂が戻っても、誰も何も喋らなかった。

ここに、凛がいない不思議。

俺は思わずにはいられない。テツローとタクトの顔をふたり同時に見ていると、いつもより余計に生々しいほどリアルに甦ってくる凛の気配、あの笑い声が聞こえてこない不思議、今にも俺の名を呼びそこいら中で飛び跳ねながら踊り散らかす凛のいな

い景色。こんなの、ほんとうじゃない、こんな白けた世界に用はない。倒れこむように踵を返すと俺は背中を丸めて歩き出していた。

「Ｆａｋｅやめるっての、あれ、ナシな」

追いかけるようにテツローの声が聞こえてきた。

「お前がＦａｋｅやめたってなんにもなんねえんだよ」

「じゃあ、お前はやれんのかよ」

背中を向けたまま俺は言った。

「凛のいなくなったＦａｋｅで、また三人仲良く踊れるとでも思ってんのかよ」

「そうじゃねえだろ」

テツローの声にしわが寄る。

「そうじゃない、俺は、Ｆａｋｅをやめちまうことのほうが凛に申し訳なくてたまんねえんだよ」

草むらを風が渡っていき足元で雑草がさわさわと鳴った。

「お前はどうだ」と、テツローはタクトに目をやった。

虚ろに風に吹かれていたタクトは「俺は」と口を開いたが、けれどそのあとが続かずしばらく黙っていた。やがて「俺も」と抑揚のない声で言った。

「俺も、正直今はダンスなんて全然考えられない。飯食ってても、友達とバカなこと言って笑ってる時も、俺いいのかなって、凛が死んだのに、こんなことしてていいのかなって思っちゃって。だから、ダンスなんて、とても。ずっと凛と一緒にやってきたから、凛との思い出がありすぎて」

できないよ、と言ったタクトの最後の言葉は、もう息が洩れる音にしか聞こえなかった。

「そういうことだ」と押し込むように言って引き揚げようとした俺を呼びとめたのは、けれどたった今「できない」と言ったタクトだった。

「でもいつき、お前ほんとうにやめちまっていいのかよ」

俺の足がとまる。

「お前に、ほんとにダンスがやめれんのかよ」

「じゃあどうすんだよ」

不意に自分でも驚くほどの怒鳴り声をあげて振り向くと、俺はタクトを睨みつけていた。また風が吹いて河原の草と水の表をさわさわ揺らした。

「今まで通り、やってけばいいんだよ」

水面に石ころでも投げこむように、ぽとりと言ったのはテツローだった。

「なにも変わらねえって、俺たちは四人でＦａｋｅだろ、それはずっと同じ、これまでも、これからも、俺たちは四人一緒だ」

「一緒なんかじゃないだろ、今まで通りのはずがないだろ、凛がいないんだぞ、何も変わらないなんて嘘じゃねえかよ」

「喚くなよいつき、凛が死んじまって、俺たちがばらばらになって、Ｆａｋｅがなくなっちまうことのほうが悔しいだろうがよ」

「うるさい黙れ」と叫んだ時にはもう飛び出していて、テツローの制服の胸ぐらを掴みあげていた。けれどすでに身構えていたテツローに俺は簡単に草むらの中に倒され逆に一発殴られた。

「うるさいのはお前のほうだ、さっきから負け犬みたいに吠えやがって」

「なんだと」

もう一発振り下ろそうとしたテツローの右の手首をひねり上げすばやく体を起こした俺は、体重をのせてやつのみぞおちに肘をいれた。

「ぐほっ」と呻きながらもテツローは鬼みたいな形相で、

「お前にＦａｋｅがやめれんのかよ、ほんとは誰よりも負けず嫌いでダンスが好きなくせに。そうやって悲しんでるフリをしてダンスやめて後悔して、お前はいつかダンスやめたこと凛のせいにするんだ、そんなの凛にとってはいい迷惑だ」

「するかよ、そんなこと」

「もうやめろって」

タクトに腕を掴まれた時、俺は馬乗りになってテツローの顎やらこめかみやらをぼこぼこにタコ殴りしていた。薄幸の優等生のタクトからは想像もつかない強い力でテツローの上から引き摺り下ろされた俺は、勢いあまって草むらの朝露で湿った土の上に顔から突っこんだ。

「俺たちが殴り合ってどおすんだよ、バカじゃないの、お前らって」

こめかみに血管を浮かせながらタクトは、心底呆れたように深い深いため息をついた。

わかってるよ、そんなこと。

俺はツバの交じった血のかたまりを勢いよく草むらに吐き出すと口を拭った。

でも勢いついちまったもんは止まらねえんだからしょうがないだろ。

「いってえな」と呻きながらも向こうのほうでテツローがのろのろと体を起こす。

「こんなことがしたかったわけじゃない」

と、タクトは誰に言うともなく言った。

「俺は、ただ、ひとりでいろいろ考えてたら、どうしても後ろ向きになっちゃって、だから、三人で話したかったんだ。三人で顔見て話したら、ダンスしてる時みたいにどんどんいいアイデアが浮かんできて、また前見て歩いていけるようになるんじゃないかって」

防波堤の上の川べりの道を行き来する人の数が増えてきていた。俺たちのことをおもしろそうに眺めながら自転車で通りすぎる中学生もいる。

俺とテツローは尻を払って起き上がると、物も言わずに草むらに放り投げていた自分のスポーツバッグを拾い上げ身支度をする。潰れたかばんを肩に引っ掛けながらテツローが言った。

「タクト、いつきのバカに言ってやれよ、俺たち三人だけじゃ、もういいアイデアは浮かんでこないんですか、気持ちひとつで四人一緒のままでいられるんじゃないんですかってな」

俺に一瞥もくれることなく歩き出すと、テツローは防波堤の斜面を駆け上がって川べりの道のほうに消えていった。

立ちつくすタクトを残し、俺も「じゃあな」と言って歩き出す。泥と草と血のこびりついた制服のまま、赤紫色に腫れ始めた顔や腕の傷口もそのままに、俺はその朝登校した。テツローはその日一日、学校に姿を見せなかった。

＊

やがて涙は底をついてしまったように流れなくなった。代わりに凛の姿が頭をよぎるたび、魂がひりひりと痛みをうったえる毎日が続いた。凛の面影はふとした日常の、ふとした隙間に、気泡がぱちんと弾けるみたいに浮かび上がってきて、そのたびにいちいち火傷みたいな痛みをともなって、俺の魂をひりひりと焼いた。あの日からテツローとは口をきいてない。

となりのクラスのテツローとは、休み時間の廊下や放課後、顔を合わせることはあってもお互い伏し目がちにやり過ごすだけだった。ちがう高校に通うタクトとは顔を合わせることさえない。深夜の電話もなくなった。このままダンスをやめ、Ｆａｋｅもばらばらになってしまうのだろうとなんとなく思った。

――お前らが超がつくほど間抜けなのは知ってるけどな、それでもわかってんだろ。いつまでも同じ場所にはいられないってこと。

ユーゴの言葉がゆっくりと胃の腑に落ちていく。

俺は涙の枯れた砂漠に立っていた。猛烈に咽喉が渇きを訴えている。むき出しの太陽に野ざらしの魂がじりじりとやられ続ける。それでも、どんなにのたうち回ってもこの干乾びた核を満たす水は与えられず、細胞のひとつひとつがエサをねだるコイのようにパクパク口を開け求めても、やってこない。俺の欲しいものは。

咽喉はただ濛々と干上がって、蜃気楼のような毎日を俺はただようようと生きている。

この血が出そうなほどの咽喉の乾きにも魂の焦燥感にもやがて終わりがくるのだろうか。やがてそれらにも馴れていき何も感じなくなってしまうのだろうか。それを自分が望んでいるのかどうかも今の俺にはわからない。

V

＊

知らない番号から電話がかかってきたのは、六月の最後の日曜の朝だった。

「英二だ」

と声は言った。

「用がある、出てこいよ」

気分は超絶乗らなかったが、それでも俺たちは二十分後、ショッピングモールの噴水の広場で会った。

ジェイと会うのは凛の葬式以来だった。やつの顔は別人のように肉が落ち窪んでいて驚いた。なのにやつは言った。

「ひでえ顔」

お前に言われたくない。

石のベンチに並んで腰をおろし辺りを見渡した。日曜のショッピングモールは開店したばかりだったがすでに人の山。左に顔をむけるとモールの入り口が小ぎれいな洞窟のように口をあけている。なつかしいラコステのワニは昼の顔をしていて、俺が熱い視線をおくっても知らんぷりして澄ましてる。しばらく人の流れをぼんやり見送っていたジェイが言った。

「お前ら、来月のグラゼロ出ないのか?」

俺はやつがなにを言っているのかわからなかった。ダンスなんてもう、俺にはどうだっていい。粘る口を動かして俺は言った。

「出ねえよ、出れるわけないだろ」

空がひどく眩しい。ベージュのタイルも白く光って、その上をいくつもの足がさまよっている。今日は座っているだけで、じんわりと汗ばむ陽気だ。けれども何もかもが作り物の出来事のように俺にとってはどうでもよかった。俺は世界から締め出されてる。腋の下でべたつく汗さえひんやりしていてなんだかよそよそしく感じるほどだ。ジェイは前置きもなくぽつりと口を開いた。

「俺のこと最初にジェイって呼びだしたの、凛のやつなんだ」

俺はやつを見た。ゆるくうねる肩までの髪。俺は黙って聞いた。

「あいつとは家が近所で、ガキのころから一緒だった。ダンスも小六の時に一緒にはじめたんだ。凛はガキのころからチビで俺はわりとでかいほうだったから、ふたりでチームを組むと、でこぼこコンビみたいでよく笑われた。凛とならぶと余計に俺がでかく見えてさ、おまけに俺、顔が濃いだろ、よくハーフにまちがえられてたんだ」

ジェイのこけた頬が少しゆるんだ。やつの横顔はこの三週間で見ちがえるほど精悍になっていた。ほりの深い男前の横顔だ。マスクと同じ甘いジェイの声は続けて言った。

「ふたりで初めて出たキッズダンスコンテストの本番直前に、舞台袖で凛がいきなり言ったんだ。『今日からお前のことをジェイって呼ぶことにする』って。俺、わけがわかんなくて、なんでジェイなんだって聞いたら『英二のJだ』ってあいつ、自信満々に言うんだ。ふつう、取るなら頭文字だろ、どこ取ってんだって言ったら『英語だし外人の名前っぽくてかっこいいからいいじゃん』って。俺はいやだって言ったんだけど、あいつはそれからずっと俺のことをジェイって呼んだ。いつの間にかほかの連中もそう呼ぶようになってた」

俺が見たジェイの目は深い色をしていた。森の奥深くひっそりある湖の底のような瞳。色のない唇のはしが満足げに少しあがっているような気もした。

ジェイはパーカーのポケットから青く光るCD－ROMをとり出すと、俺の前にさしだした。

六月の青空に強い光をはねかえすコンパクトディスク。透明なケースに納まったそのCDの表には油性のマジックで字が書かれていた。見まちがいようがない。凛の右上がりの字。俺は動けなくなった。

『グラゼロ　Ｆａｋｅ　２０１１』

ディスクにはそう、書かれていたのだ。

やつは俺にCDを押しつけると言った。

「凛の両親に頼まれて、あいつの部屋を整理してたら見つけた。用はそれだけだ。

じゃな」

パーカーのポケットに両手を無造作に突っこんだジェイは、ひと動作で立ちあがると俺を残して人ごみに消えた。

俺は無言でやつの背中を見送った。それから俺の手の中に残ったものを見た。

澄みきった青空よりも青い青、目が痛いくらい眩しく光をはね返す。

俺はいつまでもそいつを見つめていた。熱いかたまりがこみ上げてきてこらえきれず、こぼれだした。笑っている顔ばっか浮かんでくる。

あの幸せそうなトトロ顔。

くそっ。

俺は震える息を吸いこむと顔をあげ、まっすぐに立ちあがった。

*

ラジカセに挿しこむ指が震えた。

それからきっかり三日間、俺はそのＣＤを聴いた。ベッドに大の字になって寝転がり心と体を開いてひたすら聴いた。

エンドレスのリピート再生。三日で百回は聴いたと思う。

聴いているうちに頭の中で立ちあがってくるイメージがあった。引き散らかっていた頭の中が整理整頓されていく。体が軽くなる。音にどんぴしゃでステップを踏んでいる時のように。

そして体を耳にして聴いているうち、だんだんとわかってきた。自分のやるべきことがなんなのか。俺の干からびた体と心は凛のその音をどんどん吸収していった。そうして気づく。俺はこんなにも、この音を欲しがっていたのだと。

＊

七月にはいった木曜日の夜、俺は一カ月ぶりにショッピングモールの前に立った。ひさしぶりの一番乗りだ。タイル張りのモールには人っ子ひとりいない。本番前の照明の落とされた舞台みたいに。やっぱりこうでなくちゃ。

俺はゆうゆうとベージュのタイルを踏んでラコステの前に腰をおろすと、スポーツバッグに放りこんだＣＤラジカセをショーウィンドーにたてかける。ちょうどいいボリュームで流れてきたのは俺の好きな八〇年代ソウルミュージックだった。

二十分後、現れたのはテツローだった。やつは俺にうなずくと黙って俺の左となりに腰をおろした。その十五分後、やってきたのはタクト、俺たちはしっかりと視線を交わし、それからやつは一言も発することなく、俺の右となりに尻をついた。

俺たちは約束をしていたわけじゃない。けれど、お互いにお互いがここに来ることを知っていた。なぜならここが俺たちの場所だからだ。

テツローの坊主頭はこの一カ月で一センチほど伸び、タクトのアゴのラインは少しシャープになったようだった。

俺たちはしばらくただ音楽を聴いていた。風のないショッピングモール。俺たち三人が顔を合わせるのはあの早朝の河原以来だ。最初に口を開いたのはタクトだった。やつは洞窟に吹くそよ風のような声で言った。

「この頃、よく思い出すんだ、この場所に初めて来た時のこと」

俺とテツローはあいづちも打たず、黙ってタクトの話を聞いた。

「その頃、俺はダンス始めたばっかりで仲間もいなくて、練習する場所を探してた。凛とはそのちょっと前にクラブで知り合ってて、あいつも練習場所を探してるって言ってた。それで、このショッピングモールがダンサーの溜まり場になってるって誰かから聞いて、凛は俺行ってみようと思ってるんだって言う。俺も行きたかったけど、ひとりでこんなとこで練習する勇気がなかったから迷ってたら、じゃあ一緒にやろうよ、って凛のやつあっさり言うんだ。それである夜、すげえ緊張しながらここの前に立った、そしたらちょうどこの場所に、凛がひとりですわってたんだ」

俺とテツローは凛のまるい背中を思いだして笑った。テツローが言う。

「そう、あの夜だ、一番乗り常連の俺たちがここに来た時、見たことないチビがラコステのワニの下でもうラジカセをいじってた。俺といつきは顔を見合わせて舌打ちしたんだ。それで俺たちは仕方ないからそのとなりのすりガラスで見にくいウィンドーの前に移動した」

「やっぱりそうか。ちらちらこっち見ながら踊ってたから、この場所はいつもはあいつらの場所なんじゃないかって、俺、冷や冷やしてたんだ。凛はまったく気にしてなかったけどね」

「あいつはそういうやつだ」

と、俺が言った。タクトが続ける。

「凛のやつ『よく来てくれたね、タクちん、ひとりでさびしかったよ』って太陽みたいな笑顔で俺に言う。ひとりじゃ練習もできない俺のほうが、ほんとはすげえ救われてたのに」

ふふ、とくすぐったそうな笑い声を洩らしてからタクトは「それで」と言葉を継いだ。

「それでその頃、あいつブレイキンに目覚めたころで『昨日ＰＶで見た技やるから見てて』って俺に言いだしたんだ。一回ビデオで見ただけでできるわけないだろ、って言ったんだけど『でもなんかできると思うんだ』って言い終わらないうちにあいつ、いきなりすげえ勢いつけて側転した、しかも片手で。案の定頭からタイルの上に落ちて、俺のほうがびびった」

「そう、そう」とテツローが続ける。

「すげえ音してたぞ、タイルの上に落ちた時。ばああんってモール中にもの凄い音が響き渡ってた」

「うん。でもほんとに怖かったのはそのあと。だいじょうぶかって駆け寄ったんだけど、あいつうつ伏せに倒れたまま動かないんだ。怖くなって体を起こしてやろうと手を伸ばした瞬間、何事もなかったみたいにむくって起きあがって、俺に言ったんだ。『ねっ、今の見た？　空中で一瞬とまってたでしょ？　見た？　見た？　ジョーダンって技なんだよ』ひたいから血流しながらすげえ笑ってるんだ。俺、信じられなかった」

そのセリフは俺も覚えてる。あっけにとられて口をあけて見ていた俺とテツローのとこにも、凛は子犬のようにまとわりついてきたのだ。

——あんたたちも見ただろ？　ねっねっ、一瞬とまってたでしょ、とまってたよね？

とまってたかどうかは覚えてないが（たぶんとまってない）、こいつの度胸と根性はすげえと思った。

そしてそれがきっかけだった。俺たちは意気投合した。忘れもしない。あの日、この場所でＦａｋｅはオギャーと誕生したのだ。

なんだか遠い昔のことみたいだった。つい三カ月前、Ｆａｋｅの一周年記念でちっちゃなケーキを囲んで四人でろうそくの火をふき消したのもこの場所だった。

俺は心の中で過去の四人に拍手をおくった。俺たちは最高だ。宝石みたいな思い出。時どきはこうやって過去をふり返るのもいい。過去に背中を押されて前にすすめることだってあるのだから。俺は前をむいたまま言った。

「さっき、グラゼロのエントリーをすませてきた」

テツローが体を起こして俺の顔をのぞきこみ、タクトが口の中で「えっ」と言った。

「優勝しようぜ」

俺は独り言のようにけれどはっきりと言った。そしてふたりに凛のCDのコピーを渡してやる。オリジナルのCD-ROMも見せた。凛の右上がりの文字。

『グラゼロ　Fake　2011』

CDを持つタクトの手が震えている。小さく「くそっ」とこぼして下を向いたテツローの目はみるみる真っ赤に充血していった。やがて坊主頭をあげるとやつは言った。テツローの声は怒っている時のように凄みがあった。

「時間がねえぞ。振りはもう考えてあるのかよ」

唇を真一文字に結んだタクトも真っすぐな目で俺を見ている。

最高だ。やっぱり俺たちは最高だ。もう泣くのは飽きた。俺は歯を見せてふたりに笑ってやった。

＊

「提案がある」

と、ふたりに切り出した俺はテツローの目を見て、それからタクトの目を見た。そしてエンドレスリピートしながら三日間考えていたことを言った。

「Ｆａｋｅに新しいメンバーを加えたい」

テツローがどすの利いた低い声で、

「なんでだよ」

と、俺を睨んだ。

「三人でじゅうぶんだ、俺たちは三人でやってくんだろうがよ」

絞り出すような苦々しい親友の声。テツローの言いたいことはわかる。

「凛の代わりじゃない。あいつの代わりなんて世界中探したってどこにもいない」

そうじゃないんだ、と頭を横にふってからまた口を開く。ゆっくりと、なるべく正確に伝わるように言葉を駆使した。

「俺は百回以上この曲を聴いた、何度も聴くうちにだんだんわかってきたんだ、凛の気持ちが。あいつがなにをやりたがってたのか。たぶんあってると思う」

音を聴いているうちに頭の中で線を結んでいったイメージ。

それは雨と炎、仮面、黒い鳥、そしてのたうちまわるふたつに割れたヘビの舌。

リュウジだ。この曲にはリュウジがいる。きっと凛はやつを誘うつもりでいた。だから俺がやる。俺がやつを仲間に引き入れる。

俺はテツローとタクトに、どうだ、と目をむけた。タクトが言った。

「凛がそれを望んだのなら」

テツローはしばらく考えてから、

「やつ次第だ」

と言った。

「やつが俺たちについてこれるならな」

決まりだ。

交渉役はもちろんこの俺。ネゴシエイターいつき。

＊

俺はショッピングモールの真ん中を通りエレベーター前まで歩いていった。もうすっかりやつの場所になった銀色の扉の前で、リュウジは今日も何かに憑かれたように踊り散らかしている。

「よう」

と、やつの背中に声をかけるとリュウジは踊るのをやめて、「よう」と俺に返した。ひたいからは玉のような汗。たてがみみたいな金髪は今はしんなり、非戦闘態勢だ。流れる汗もそのままにリュウジは言った。

「もういいのか」

凛のことを言っている。やつはやつなりに俺に気をつかっているらしい。俺は、

「ああ」

と短く答えた。

「ちょっといいか」

リュウジはエレベーターの扉の前にどかりと腰をおろすと、アディダスの真っ赤なタオルを頭からかぶって長い息をはきだした。

「なんだ」

俺はまっすぐやつを見つめて言った。

「リュウジ、お前、うちのチームに入らないか」

俺に交渉術などない。単刀直入だ。やつは意外そうな顔をして俺を見上げた。汗が目にはいったのか充血したやつの赤い目はまだ陶酔醒めやらず、といった感じ。こっちの世界に完全に戻りきってないような、危ういバランスの濡れた目がふたつ、しばらくの間、俺を見ていた。

ようやくこっちの世界に還ってきたらしいリュウジは、アディダスのタオルごと頭を横にスライドさせて言う。

「いや、やめておく。俺はつるむのが好きじゃない」

やはり、やつはそう言った。なんとなくそう言うんじゃないかと思っていた。ユーゴの誘いさえなんのためらいもなくあっさりと断った男。かたくなな孤独なインディアン。やつにはやつの思いがあるのだろう。だが俺たちにも俺たちの思いがある。俺はリュウジに凛のCDのコピーを渡した。

「凛がつくった曲だ、俺たちはいつもあそこで練習してる。これを聴いて気が変わったらいつでも来てくれ」

俺は体を返し、ひきあげた。自信はあった。やつは必ず食いついてくる。

＊

次の日から猛練習が始まった。Tortoise Shell の Summer's Ground ZERO は毎年七月の最後の土曜の夜と決まっている。あと一カ月もない。

俺たちがまたラコステ前で練習を始めると、他のチームのやつらがやたらと声をかけてくるようになった。「よう」とか「おう」とか言ってみんな、俺たちの前を通りすぎる。みんな凛のことを知っているのだ。中には「がんばれよ」なんて生意気なことを言うやつもいた。深夜のショッピングモールにいつの間にか育まれていた連帯意識。くそっ、今度は励まされて泣けてしまいそうだ。

視線を感じて振り返ると、ショッピングモールの入り口にリュウジが立っていた。やつはいつでもなんの前触れもなくそこに立っている。俺が声をかけるとやつは、

「ああ」

と、あごの先っちょで頷いた。いつもはエレベーター前にむかうやつが、今日はそこから動かない。俺はやつの前に立ち、右手をさし出してやった。リュウジはくっきりと俺の右手を握り返してきた。

「よく来たな」

俺はリュウジに力強く微笑んだ。俺の後ろでタクトとテツローが足を止めて口々に言った。

「よろしくな、リュウジ」

「言っとくけどソロバトルで俺が決勝まで残れなかったのは髪形のせいだ。アレは思いのほか踊りにくかった」

リュウジは早朝の草原みたいにさわやかに笑って、

「よろしく」

と言った。

その日からリュウジはＦａｋｅの五番目のメンバーになった。

＊

ストーリーはすでにできあがっている。凛が描いた設計図通りにあとは組み立てていけばいいだけだった。

振りは俺とリュウジで分担して作った。やつはやつの分担分の振りを三日で仕上げてきた。

毎日遅くまで練習が続き、夏休みに入ってからはラコステのタイルの上で朝日に出会うこともしばしばだった。明け方まで練習して解散し、朝に寝て夕方起きだしここに来る、そんな生活が続いた。みんなさすがにへばっていたが弱音を吐くやつはひとりもいなかった。焦りはあったけど不安はなかったと思う。時間は飛ぶように過ぎていった。飛ぶように、ってことは充実した日々だったってこと。

振りが全部つくと、次は構成だ。これは俺の仕事。構成はフォーメーションや演出なんかのこと。構成次第でチームの可能性は限りなく開かれるって話、前にしたことあったよな。これは結構楽しい作業だ。

楽しい。

俺は凛が死んでから、それでも何ひとつ変わらないまわりの日常に腹が立った。だから笑うな笑うなと自分をいましめて、自分だけはいつまでも穴のあいた心を抱きしめていようと思った。凛が死んだのにそんなに簡単に笑っていいはずがないんだと。

でも、曲の構成を考えながら俺は今自然に笑ってる。

これでいいんだよな、凛。

凛のためにできること。そんな高尚なことを思ってるんじゃない。もともとそんな高尚な人間でもないしな。ただ俺は、俺たちは、凛と一緒にできることがほしかったんだ。

*

本番の朝を俺たちはラコステの前でむかえた。夏の朝は気だるさと清々《すがすが》しさを同時に味わえる。

みんな風呂上りみたいに汗をかいていて、夕方市内で落ち合う約束をして、言葉少なに俺たちは別れた。

俺は小学生のプール帰りみたいに疲れていたけれど、なんだか眠れそうになかった。今、今踊りたいと神経のどこかが疼《うず》いていて、まだだ、まだ、まだ待て。さめろさめろと呪文みたいに何度も何度も繰り返しながら家まで帰った。

けれどベッドに倒れこむと断ち切るように意識をなくしたようだ。目が覚めると、もう夕方だった。Tシャツに着替え、うちを出たのが五時半、空はまだまだ断然明るい。

時間ぴったりに待ち合わせのマックの前に到着すると、そこにはもうみんな揃っていたのでちょっと驚いた。みんな寝起きのはずだったが、いつもより少しだけみんなの顔がりりしく見えた。

「行くぞ」

と言って、先頭きって歩きだすと、そのすぐうしろから歌うようなテツローの声が流れてきた。

「一番おそかったやつが一番えらそうだ」
テツローの坊主頭からはリンスしたての甘い香りが漂ってきた。

＊

六時半から簡単なリハーサルをし、「Tortoise Shell がオープンしたのが八時半だった。

コンテストが始まるのは客の入り次第で流動的だったけれど、だいたいいつも十二時くらいから。フロアには鼻息荒い出場者たちがもう意気揚々と踊っていたが。

ビートのきいたヒップホップ音楽が充満する暗闇の中、さまようブラックライトに白いスニーカーや白シャツが青白く浮かび上がる情景は、ふわふわ、ゆらゆら、クラゲが揺れているみたいに幻想的で俺がクラブの中で好きなもののひとつだ。

暗がりのフロアの一角に立つと、音と光の洪水に体が痺れるように満たされていくのがわかる。けれども今日ばかりはさすがに皮膚にあたる音と空気が、なんかちりちりする感じでいつもと違った。

照明から外れたところにユーゴとジェイがいた。

ユーゴは俺たちの中にリュウジがいるのを見ると、薄い薄いナイフみたいに冷たく笑い、それからふと、どこかに消えた。ジェイは反対ににやにやしながら近づいてきた。

「間に合ったのか」

と、なぜか嬉しげに聞いてくる。

「間に合ってなかったら、ここにいないっつうの」

俺たちのネタ見てお前ら全員腰抜かせ。俺は歯茎全開であごを突き出し噛みつくみたいにして笑ってやった。

＊

ショーが始まるまでの間、俺たちは思い思いにリラックスしてすごした。体も神経もちょうどいいくらいに疲労していて、余計な緊張をする力が残っていなかったのだ。

俺はカウンターにすわってコーラを飲みながら、フロアのほうに視線を流していた。その俺の目線の先にこの店のマスコットキャラがぶつかった。いやちがう、あれ

は、

「マモル」

怒鳴りながらスツールを飛びおりると、俺は人ごみをかきわけた。

「マモル」ともう一度叫んで、やつの丸い肩を掴むと、薄暗がりの中、びくりと背中を震わせたマモルは今後こそ正真正銘一〇センチは跳びあがった。振り返って俺を見るやつの小さな目は、鮮やかな照明を感動的なくらい映しだし、光の玉をいくつも潤ませている。よっぽど心細かったのだろう。

「黒川くん」

と洩らしたやつの声は小枝のように震えていて、今にも泣きだしてしまいそうだった。

「お前、ひとりで来たのか?」

驚いてそう聞くと、マモルはエラの張ったあごをこくんと一度沈めて言った。

「すこし道に迷っちゃったけど、でも黒川くん絶対優勝するって言ってたから、僕やっぱりどうしても見たくて」

よく見るとやつの手の中には、俺があの時、思いつきでやったよれよれのフライヤーが握られていた。それはすでにびりびりに破けてゴミにしか見えなかったけれど、マモルはその紙切れをクモの糸みたいにしっかりと胸の前で握りしめていた。

「マモル、」

夏でも厚手のニットの帽子を目深にかぶったマモルに俺は聞かずにはいられない。

「お前、体はいいのか」

「うん、先月、退院したんだ」

上目遣いで俺を見て、えへへと無邪気に笑ってみせるマモル。その他愛のない笑顔が心臓にひりひりと沁みて俺はたまらなくなる。俺はこいつに凛のことを言わないわけにはいかなかった。深海の鉄の扉みたいに重い口をようよう開いて俺はうめくみたいにして言った。

「マモル、あのな」

「知ってる、凛くんのことでしょ」

亀に似たこの友人の顔を俺は、穴があくほどしばらく見つめていた。

「誰に聞いた」

「あのショッピングモールにいたダンサーの人たち」

マモルは籠もった声でゆるゆる言った。

「先月、退院してからまたあそこに行ってみたんだ、僕。そしたら、黒川くんたちがいなくて、すごく心配になっちゃって、それで、ほかのチームの人に聞いたら……凛くんが……」

マモルの声はエンストした自動車みたいにプスプスと途中で止まって断ち切れた。見るとマモルは泣いていた。ほんとうに口惜しそうに泣いていた。干からびたチューリップみたいにうなだれて。肩を震わし、身もふたもないような、とても人前とは思えないような泣きかたで。

俺たちに気づいた何人かがこっちを見て騒いでいたけど俺は気にしなかった。俺だってところ構わず泣いていたんだから。マモルの丸いうなじがみるみる真っ赤になっていくのを見ていると、目の裏側がきゅうと痛くなってくるのがわかった。ああ。

ああ、引っぱられる。悲しみに。

心が串刺しにされるような、気が遠くなりそうな喪失感にくらくらする。

「お前、また行ったんだ、あの場所に」

気がつくと自分でも驚くほど優しい声が出ていて戸惑った。マモルは下を向いたまま声もなく、こくんとうなずいた。

「ほかのチームのやつに、よく自分から話しかけたな」

初めてこいつがモールに現れた時のあの挙動不審っぷりからは想像もできない行動力だ。

そろそろと顔をあげて俺を見たマモルは、

「だって、だって、すごく心配だったから」

突然、必死の形相になって喋りだしたので、その勢いに俺はちょっとびびった。唾を飛ばしながら前にのめって、マモルは俺にこう言った。

「僕、すごく嬉しかったんだ、黒川くんにまた会えて。黒川くんたちの輪の中に入れてもらって。だから、黒川くんたちみたいにかっこいいダンスは踊れないけど、でもちょっとでも黒川くんたちに近づきたくて、でも、僕にはなんにもできることがなくて。でも、でも、黒川くんが病院に来てくれなくても、僕から行けばいいと思ったんだ。だから、勇気を出してひとりでクラブに来たんだ。もう一回ちゃんと黒川くんたちを見たくて、応援することくらいしか僕にはできないけど」

マモルはビー玉みたいな目の中に、いっぱいの光をためこんで首をのばして噛みついてきた。

「マモル、お前」

……鼻水、洪水。

ちょっとたじろいだ俺は、なんだ、こいつ、と思いつつ、でもすげえと、なんだか感動してしまっていた。

なんだ、お前、誰かに引っぱってもらわなくてもひとりで飛び出して来れるんじゃん。

いや、たぶんちがうのか。病気とか、弱い心とか、きっといろいろなものを乗り越えてマモルは踏み出してきた。それはたぶん、信じられないくらい強い芯の心だ。

「お前……」

俺はマモルのニット帽をぐわしと掴むと思いきり揺すってやった。「痛いよ、やめてよ、黒川くん」と、もがくマモルを無視して、ぐらんぐらんに振りまわす。

何が透明人間だ、びんびんじゃないか。こいつのアンテナはバリ三で俺の電波を受信して、さらにこっちに発信してきてる。こっちのアンテナがぐらぐらと揺さぶられるくらいにな。

「マモル、俺たちが優勝するとこ、絶対見せてやるからな。でも初めてのクラブだからって、はしゃぎすぎてひっくりかえるんじゃないぞ」

こいつにできて、俺たちにできないことはない。見てろ、マモル。次は俺たちの番だ。

＊

客の入りが表面張力ぎりぎりになりはじめた午前零時二十分、大音量でスピーカーから垂れ流されていたハウス音楽が糸を引くようにフェードアウトしていった。

フロアの暗がりで足を止めるダンサーたち。テツローとタクトはこぶしとこぶしを突き合わせ、リュウジはひたいの汗を切り飛ばし、マモルは俺のやったコーラにちょっとむせ、ユーゴとジェイはＤＪブースのほうをちらりと見やった。そして俺は誰も見てない暗がりでひとりでにやりとほくそ笑む。

ステージに明かりがはいり、マイクを握ったＭＣが雄叫び一発。

「レディースアンド、ジェントルマーン〜」

「Summer's Ground ZERO in Tortoise Shell 2011」は歓声と野次と白く煙るたばこのうずと、そしてそれぞれの想いの交錯するなか、ねっとりとまとわりつく夏の熱気とともに、こんな感じでスタートした。

*

今年のエントリーチームは八組。踊る順番はくじ引きですでに決まっている。Ｆａｋｅはど真ん中の四番目。そして気になる去年の優勝チームＧｕｙは始まって早々、二番手だった。

前半の四組はすでに舞台袖でスタンバイ。俺たちのすぐ後ろでＧｕｙのやつらがストレッチをしていたが、お互いに言葉を交わすことはなかった。

突然スクラッチ音とともに最近のまだ比較的新しいヒップホップソングのイントロが流れだした。最初のチームがはじまったのだ。

俺は舞台袖の奥にいて、そいつらの振りは見なかったけれど、曲の構成はたいしたことなかった。最新のヒットチャートをつなげただけの退屈であくびが出そうな音楽だ。

曲が終わるとステージは明転、ＭＣのチーム紹介のあと再び暗転した。

どっと、割れるほどのひと際大きな歓声と拍手が起こる。

それもそのはず。

次に早くも出てきたのは前年度覇者、ユーゴ率いるチームＧｕｙだったからだ。

＊

数秒の無音のあと、スピーカーから流れ出したのは爆発的な音量のテンポの速いテクノ音楽だった。

意外。ジェイのやつ、なかなかやる。

見るな見るなと思っても、ユーゴのダンスだけはどうしても気になって見てしまう。

舞台袖からステージをのぞくと、ユーゴを頂点にピラミッド型のフォーメーションだった。すばやいステップワークで客を沸かしている。あいかわらず芸術的な足裁き、細かな音までしつこく拾った隙のないユーゴの振りだ。曲調も前半から畳みかけるように次々と変わっていく。スローからアップテンポ、殺人的なまでに回転数をあげたハウス音楽からいきなり転調したR&Bのサビがドラマチックに切れ込んでくる。思わず息を呑んで引き込まれてしまう曲の流れ。そしてソロではユーゴとジェイがさらに魅せた。ジェイはオハコのジャッキングスタイルを惜しげもなく披露する。見事だった。息つくヒマもないとはこのことだ。思わず自分の立っている場所も忘れて見入ってしまう。

けれど、幕間から食い入るように見ていた俺は確信する。

今の俺にはアラも見える。

構成があまい。個人技に頼りすぎなんだ。フォーメーションのパターンが少なすぎてチームに立体感がない。だからせっかく五人で踊るユニゾンが活きてない。

なあユーゴ。

俺は舞台袖から熱い視線をやつに送る。チームで踊る楽しさってなんだか知ってるか。

すぐ近くに仲間がいるってのは、賭け値なしで最高だ。パワーになる。同じ板の上に立った者同士は運命共同体なんだ。そりゃ、足を引っぱることも引っぱられることもあるけどな、時にはひとりじゃたどり着けないところまで行くことだってできる。目と目が合えばその時ばかりは相手の考えてることがビビビッとわかるんだ。ひとりでねちっこくやるのもいいけど、仲間とやる快感は日々発見だ。ユーゴ、お前に発見があるか。そんなにがんばるなよ、仲間から力を貰ったっていいんだ。仲間と一緒に駆け上がっていくんだよ。じゃなきゃお前はいつまで経ってもお前のまんま。自分を超えるチャンス、自分で逃してんじゃねえよ。

Ｇｕｙのパフォーマンスは続いていたけれど、俺は途中から見るのをやめて幕の奥に引っこんだ。

熱くなるな。今はまだ。

寒いくらいに空調のきいた舞台袖の暗がりでそう言い聞かせ、目を閉じた。

もう集中しよう。出番はもうすぐだ。

目を開けるとすぐ横にテツローとタクトとリュウジがいた。俺に力強く微笑んでくる。俺もとびっきりの笑顔で微笑みかえしてやった。タクトが手に持っていた紙袋の中に右手を突っこんで言った。

「これ、お守り。みんなつけて」

タクトが俺たちに渡したものは真新しい真っ赤なリストバンドだった。ワンポイントに黒い刺繍のワニのマーク。

「やっぱＦａｋｅといえば、これっしょ」

そう言って、かかげてみせたやつの手首には年季の入った俺たちと同じラコステが巻かれていた。それは凛からもらったリストバンドだった。

「よし、いくぞ」

俺は切るように言った。声が震える。武者震いってやつだ。

凛、見てろ。

タクトの出した左手にみんな手首を重ねる。赤いリストバンドでつながった俺たちは兄弟。一番末っ子はもちろん一番チビの凛。これは絶対決まり。文句は受けつけない。

俺たちは視線を交わし、最後に「せーの」で無音の雄叫びをあげた。

VI

＊

Ｆａｋｅの出し物はぱらぱらと雨のように流れるピアノの音から始まる。

暗闇の中、静寂を引き立てるピアノの音色。舞台にはまだ誰もいない。薄暗闇に紛れて舞台袖から這うように登場するリュウジ、俺、タクト、テツロー。

そしてたっぷりのピアノの後、一気に曲が変わり照明がイン。

腹に響くビート、力強いラップミュージック、Ｆａｋｅのショータイムは八〇年代ヒップホップから始まる。

頭はやっぱり四人のユニゾンからだと決めていた。振り付けは俺。顔の左半分を左手で掴んだまま踊る振り。顔はまだ見せない。仮面のイメージだ。フォーメーションは台形から平行四辺形に変わり、それに合わせて曲調もヒップホップからＲ＆Ｂに変わっていく。

ここのR&Bはリュウジの振りだ。ちょっとジャズっぽいリュウジテイスト。ひとり下手《しもて》に抜けひとり後ろに下がり、またひとりは上手《かみて》に避《よ》けて、そして最後に残ったテツローの、まずは挨拶代わりのソロダンスに突入する。

みんな知ってる。ソロバトルに負けて以来、テツローが必死でアフタービートを練習していたことを。だからこのR&Bはテツローのソロなんだ。

シックでファンキーでソウルフルなテツローのR&B。激しく揺れる渾身の坊主頭にテツロー、お前のソウルが詰まってるぜ。

テツローのソロが終わると俺が入り、今度はふたりの掛け合いが始まる。

俺とテツロー。実は俺たち最強コンビだってこと知ってた？　だてに中二から一緒じゃないってこと。

俺はこいつの音の溜めかたや力の抜きかた、仕草やニュアンス、息遣いまで手に取るようにわかるんだ。目をつぶっててもわかる。それはやつも同じ。だから俺とテツローはまさにあうんの呼吸ってやつ。一応、振りは作ってあったけど、こいつ、変えてきやがった。なんかそういう目をしてた。俺はもちろん即対応。テツローがジャンプすれば俺はフロアに手をつき体を低く落として落差をつける。やつがパンチを繰り出せば俺は上段回し蹴りで応戦。喧嘩上等。そうやってふたりで階段を駆け上がっていく。

そこに、ちょっと待ったと割って入ってきたのはタクトだった。リュウジは空気を切り裂くバック宙で飛び込み参戦。俺も負けじと舞台の前っつらまで躍り出て派手に手を振りアピール、アピール。その横で、あ〜あ〜、客に向かって舌を出し中指立ててんのはテツローだ。

そして役者が全員そろったところで再び四人のユニゾンに突入する。一糸乱れぬ四人のユニゾン。

目線から腕の角度、間合いから歩幅、息継ぎまでぴったり合わせた、ラコステのウィンドーで確認しながら死ぬほど練習しまくった俺たち四人のユニゾン。パワーは四かけるの何倍だ?

なんか——

なんか、体がすげえ軽い。

俺は踊りながら感じていた。こんなの初めてだ。頭ん中は真っ白なのに体が勝手に動いてる。体の中の今まで使ったことのない細胞が今しがた目覚め、寝起きに猛烈な勢いで音をガッついてる感じ。

なあ。

俺は夢中で呼びかけている。届いてるか、俺たちのパワー。受けとってるか、俺たちの想い。

ほんのりとした気配を感じて俺は目ん玉だけをとなりに向けた。

なんだ、そこにいたのか。お前も踊ってんのか。そんな気もしたけどな。

くつくつと沸きあがってくる笑いをぐっとこらえながら、俺は大きく振りかぶって腕をあげた。

ここで一発、フロアいっぱいに響きわたったのは空気を貫く銃声だった。

ドキューンと尾を引く重量感たっぷりの銃声に、波打ちながら派手に倒れていく三人がいる。撃ったのはもちろん俺なんだよね。

足もとに転がる三人の死体の中、次に始まるのが俺のソロだった。

ウェーブを駆使して音を重く重くとった俺の死のダンス、ぜひ堪能してくれよな。

曲は徐々に遅くなり、それに合わせて俺の動きも泥のようにさらに重く、やがて片足をゾンビのリュウジにつかまれて、とうとう俺もフロアに倒れ仲良く死体の仲間入り。

舞台に転がった俺たち四人。

音はドラムのビート音だけ。沈みかえる会場の暗がりで、ドクン、ドクンと巨人の鼓動みたいに波打つドラム。

ドクン、ドクンドクン、ドクン。ドクン。

やがて四人は復活の時を迎えるんだな。

鼓動に合わせて少しずつ起き上がり始める俺たち。立ち上がって円になり今度は回りながら激しく動く。キャンプファイヤーの炎みたいに高く低く激しくうねり、弾み、のたくり、もがき、飛び交い、千切れては、また高く低く激しくうねる。

やがて円の中から火の粉のように弾き飛ばされたのはタクトだった。

そのままの勢いで、ここはタクトのソロパートだ。やつの秘密兵器はもちろん凛直伝のブレイキン。

フロアに手をつき背中と肘に支点を置いて、くるくる回り始めるタクト。足も使って腰は絶対に落とさない。凛のような回転力はないけれどタッパがあるぶん動きが大きい。両手と頭を床につけ、足をひねって最後はチェアー。

ちゃんとフリーズしているぞ、タクト。まだまだできる技は少ないけれど俺なんか見ているだけで胸がいっぱいになった。タクトのこの一カ月のがんばりは半端じゃない。こいつの腕とひざは擦り傷と青痣だらけで肌色のところがないんだ。

タクトのフリーズがとけるタイミングで、一斉にステージの際まで転げながら飛び出していく俺たち三人。この辺から山場だ。曲調はスクラッチ音とともにめまぐるしく変わっていく。どっかの民族音楽やらクラシックやアフリカンなんかが、チューナーしそこなったラジオみたいにぶつ切りにぐるぐるまわる。ジャンルも曲調もてんでばらばら。神様のジュークボックスをひっくり返したみたいな滅茶苦茶な音の洪水。

その中に耳障りな不協和音が交じりだすのにやがて気づくはずだ。それはガラスに少しずつ亀裂がはいっていくようなどこか破綻した、むき出しの音楽。いや、音楽というよりこれはもう音のかたまりだ。

こんなむき出しの生まれたての音のかたまりで踊れるのはリュウジだけ。やつのソロはソロバトル優勝でお墨付きだよな。

ステージの一番後ろから俺たちの間を縫うようにゆっくりと踊りながら進み出てきたリュウジ。

やつの今回のダンスで俺がイメージしたもの、それはガラスの破片の中から生まれた血だらけの黒い鳥だった。あたりに血の雨を降らせながら頭の上を旋回している。ゆっくりと、ジャングルの夜明けを告げるみたいにわななきながら。この羽音があんたにも聞こえるだろ、痛々しさと気高さが同居したリュウジスタイル。

気がつけば音はいつの間にか最初のピアノに戻っている。わずかに知覚できる薄い薄い膜のような細かい雨がやがてあがっていくように、ピアノの音は消えていく。それにあわせて俺たちもフェードアウト。闇に紛れて消えていく。

静寂。さらに、
濃い闇。
そして舞台の上にはまた誰もいなくなった。
――これが俺たちＦａｋｅの四分半の物語。
どうだった？　あんたの心に沁みたかな。

＊

人類が死に絶えてしまったような静寂に、しばらくの間、あたりはしんと包まれたままだった。

＊

踊り終わったあと、俺はなんだかひとりで恍惚としていて、だからそのあとのことをあまり覚えてない。客の反応とか審査員の手ごたえとか。

かすかに覚えているのはサルのような奇声を発しながら飛びついてきたテツローとタクトに肩と腕をがっしり固められたことと、頬を紅潮させたリュウジが、

「こんなやばい音初めてだ」

と、やつにはめずらしく興奮ぎみにつぶやいていたことだ。

――俺たちは新しい世界の扉を開いちまったんだ。

俺は恍惚としながら、そんなことをぶつぶつ言っていたそうだ。

＊

すべてのチームが踊り終わって結果発表を待つフリーダンスタイムの時に、それは起こった。

まだまだ踊り足りないとフロアに繰り出す仲間たちから外れて、俺はひとり壁際のカビ臭いソファーに沈んでいた。本番が終わったあとに訪れる痺れるような充実感と万能感にとっぷり体を浸したかったのだ。ソファーに沈みながら長い息を吐きだしたあとだった。

プチッ。

と、何かが潰れる音が聞こえた。

プチッ。

とまた、した。どうやら俺の中からしている。

それは俺の中の、たぶん根っこのほうで生まれた小さな熱が、震え出し、温度を上げて、やがて俺の鼓動に便乗して、トクン、トクン、と脈打つたびに俺の弱いとこからぶしつけに、暴力的に、否応なしに押し潰していく音だった。トクン、プチッ、トクン、プチッ、トクン、プチッ……。

ヤバイ、息ができない、と思った時にはもう遅かった。鼻の奥がプチッ。目の奥がプチッ。のどの奥がプチッ——

そして今、唐突に、ほんとうに突然に、コーラの泡みたいにしゅわわわあ、と俺の底からせり上がってきたその熱に、俺は脳天まで震わされる。

ああ、あふれ出す。

しゅわわわぁ、と突然あがってきたそれは、

——凛、お前、くそやばい音つくりやがって、いつもいつもトトロみたいに笑ってんじゃねえよ、マモル、そんな病気だなんて全然知らなかった、あの場所は誰がなんと言おうとお前の場所だ、てめえどんどんうまくなりやがってテツローほんとはあの

アフロ、すげえイカしてたぜ、タクト、ああよく根をあげないでついてきたな、お前のブレーキちょっと感動しちまった、くそっお前の頭ん中はどうなってんだよリュウジ、まいったよお前には、ジェイこのハーフ野郎、凛は渡さねえぞでも認めてやるよ、お前が凛の永遠のライバルだ、俺たちのとこに凛が来ても変わらず凛のそばにずっといてくれてありがとな、ばかユーゴ俺が負かすまで絶対誰にも負けるなロスでも南極でもどこにでも行っちまえ——

もっとばか騒ぎして、もっとばか笑いして、もっともっとくそやばい音作ってくそやばいダンスしてもっともっともっと、一緒にいたかったんだよばかやろう——

まだ終わってない、まだ何も成し遂げてない、結果発表が残ってる、何度も何度もそう自分に言いきかせて、なんとか叫び出したい衝動をすんでのところで堰き止めていた。

あとからあとから突き上がってくる、この熱の意味を自分でも説明できない。

こんなこと、初めてだった。

＊

だから、

「黒川くん」

と、名前を呼ばれた時、俺はソファーの上でうずくまったままなかなか返事をすることができなかった。ようよう顔をあげると、そこには鼻息荒くしたマモルが立っていて、やつは今日一番、シャンパンのコルクがスポンと飛んでいったような晴れ晴れとした笑顔で俺を見下ろしていた。

「すごいよ、黒川くん、僕、今でもどきどきしてる、こんなの初めて見た、感動してどうにかなっちゃいそうだったよ僕」

両目を大きく押し開いて、瞳をきらきらさせながら、マモルはもどかしさに俺のほうに丸ごとのめってまくし立てた。

「まだ結果は出てねえよ」

と、乱暴に言い放つ俺に、やつは水浴びしたての犬のように思いきり頭を振って、

「そんなこと関係ないよ、だって黒川くんたち、輝いてたもの」

俺は、頭の中にうごめくいろいろな想いを、どうやってもうまい具合に言葉にのせ

ることができなくて、ヘタしたら泣いてしまいそうだったので、それで代わりに腕を出した。マモルの鼻先に何も言わず、力の入った右腕を突き出してやった。マモルははじめ俺の右手をまじまじと見つめ、それからきょとんとし、最終的に丸い目をしばたたかせながらもおずおずと握り返してきた。

「サンキューな、マモル」

かすれた声で俺はやっとそれだけ言った。マモルは口の中で小さく「えっ」と声をあげた。

「どうして？　なんで黒川くんがサンキューなんて言うの？　お礼を言うのは僕のほうだよ。だってすごいもの見せてもらったし、力だっていっぱいもらった。ほんとにいっぱいいっぱい力もらったんだ。黒川くんがいなかったらこんなとこ、絶対、僕ひとりじゃ来れなかったし、なんだか世界が広がった気がするよ。やっぱり黒川くんはすごいや、こんな僕と友達でいてくれてありがとう、今日は来てよかったよ、え、どうしたの？　黒川くん」

下唇に渾身の力を込めてこらえながら、俺は掴んだやつのやわらかい指をぎゅっともうひとまわり握りこんだ。なんでわかんないんだよ。

力もらったの、俺のほうじゃん。

お前、すごいよ、すげえもんと闘いながら、それでも前見て足踏み出して笑ってる。すげえパワー出してる。なんでわかんないんだよ。お前のことほっとけないの、わかった。日陰から俺たちのこと追っかけてたお前の目、ショッピングモールの入り口で怯えながらも覗きこんできたお前の顔。すげえ真剣だった。

「マモル」

俺は泣き笑いの顔で呼びかけた。

「今なら、なんだってできそうな気がしてこないか」

「うん、する」

「この気持ちをなるべく忘れないようにしながら生きていこうな」

半分は自分に言った。マモルははにかみながらも力強くうなずいてきた。俺もうなずく。

すべてはカメの甲羅の中の出来事。俺たちの知覚できる世界なんてせいぜいカメの甲羅ほどの世界だろ。だったら、その中で泣いて笑って、少しくらいなんだってできそうな気になったっていいじゃないか。

＊

時刻は午前二時を回ったところ、店の空気はねっとりと煮詰まって、煮崩れしたシチューみたいにどろどろに溶けかかっていたけれど、暗闇で揺らめく亡者たちはそれでもまだまだ元気に踊りまわっている。

ステージに明かりが入ると、疲れを知らない烏合《うごう》の衆は嬉々としながらフロアの中央に集まりだした。

そろそろ結果発表のようだ。俺も立ちあがってフロアの暗がりに踏みこんだ。気がつくとすぐそばにテツローとタクトとリュウジがいて、俺たちはしっかりと目と目を合わせてうなずきあった。

あんなに勝つことにこだわっていたのに、踊りおわったあと、俺は正直もう勝敗なんてどうでもいいと思った。このまま朝まで踊ってうちに帰ればぐっすり眠れると。

けれど今、結果発表のこの瞬間、俺は心臓にナイフを突きつけられる切実さで勝ちたいと念じている自分に気付く。

勝ちたい。

これまでの俺の生きてきた全部を賭けて、勝ちたい、と思う。

これからの人生の中で、俺はあと何回こんなふうに勝負の瞬間に立ち会えるだろう。そしてあと何回勝つことができるのだろう。勝ち続けることなんてない。そんなのサルでも知ってる。きっと負けばっかりだ。マモルじゃないけど、生きていくことはいろんなことをあきらめていく道のりだ。

そう考えると怖くてたまらなくなる。これからの自分の将来のことを考えると、ほんとうは気が狂いそうなほどの恐怖に襲われたりもする。不安で眠れない夜もある。

それでもいつか、今日という日を思いだす時がくるだろう。流れなどないように見える重たい川面に一瞬きらりと光ったきらめきのように、俺たちはきっと今日という日のことを思いだす。そしてこの一瞬のきらめきのような今日の勝利が、この先の俺たちの人生の中でかけがえのない救いになるだろう。

死にたいほどのつらい困難にぶつかった時、生きることをあきらめなくてはならなかった凛のことを思い出し、凛のこの曲を思い出し、俺たちはもしかしたら生き延びられるかもしれない。窮地をやり過ごせるかもしれない。俺たちはあの時、確かに五人で勝ったんだと。

俺は自分の左手首にはまった赤いリストバンドを、もう一方の手でぎゅうと握りこんだ。何かを込めるように。祈るように。

凛のことは何があっても忘れないと思っていても、それでもいつかは霞んでいく。だから、凛と繋がっているとリアルに確かに強く感じられる今、勝ちたい。

凛のこの曲で。凛と一緒にいられる、今。

Ⅶ

＊

Ｆａｋｅの名がコールされた時、俺は頭の中にいろんなうず巻きを抱えていて、だから大事な瞬間を見逃した。

ジャングルの鳥みたいな声をあげてステージに飛び乗るテツローとタクトの横で俺はカカシみたいに動けなかった。舞台の上から差しだされたリュウジの手をつかんでようやくやつらと同じ板の上に立った時、頭の中は真っ白だった。

テツローの手がのびてきて、ゆさゆさと体を揺さぶられた。

ゴーゴーと風の音がすると思ったら、となりで号泣しているタクトだった。

リュウジは涼しげな目で俺にほほ笑んでいる。

そして俺は——。

俺はさっきから可笑しいくらいに震えがとまらない。そして途切れ途切れの呼吸のあい間に、なぜだか歯を喰いしばりながら繰り返している。俺は小せえ、俺は小せえ、と。

自分が泣いているのか笑っているのかもわからなかった。ただ、がくがくと全身を震わせながら、歯の根も合わないくせにそれでも必死になってあえぐみたいにして繰り返している。俺は小せえ、俺は小せえ。俺はひとりじゃなんもできねえ。

——感謝することしか。

俺のとなりで優勝トロフィーを高々と掲げてみせるテツローの目が光っている。ばかみたいにでかいくせに、重さなどまるでないように軽々と突き上げられたそれを振り仰いだ瞬間、照明がハレーションをおこして世界は光の玉でいっぱいになった。目も開けていられないくらいの眩い世界の中で、誰かが咆哮する声が聞こえると思ったら俺だった。俺は声を限りに何度も何度も同じことを叫んでいた。

「やった。やったぞ、凛——」

光の玉は虹のように輝いて、いくつもいくつも数を増し、この世界を満たしていった。

＊

照明のあたらない暗がりにジェイが立っているのに気づいたのは表彰式も終わり揉みくちゃになったステージを降りてからだった。やつは真っすぐに近づいてくると、なんの言葉も前触れもなく俺に腕を差し出してきた。俺は躊躇なくやつの腕を握り返す。戦場であった戦友みたいにしっかりと。俺の顔はおそらく原形をとどめないくらい涙と鼻水でぐちゃぐちゃだったと思われるが、そんなのもう気にしなかった。ジェイは笑いながら言った。

「まいったよ、お前らのあの音と振り、マジびびった」

俺は歯茎全開であごを突き出し噛みつくみたいにして言ってやった。

「思いしったか」

ありがとな、と先に言ったのはジェイのほうだった。

そしてやつはほんの少しあごを沈めてうつむいて独り言を言った。ゆるくうねった髪の毛で口もとを隠していたけれど俺にはちゃんと聞こえたぜ。

凛にまた会えた気がしたよ。

やつはそう言ったんだ。

なんだ、お前にも見えたのか、そうだよ。凛は俺たちと一緒に踊ってたんだ。

俺の胸は歌いだしたいような誇らしい気持ちで、もうぱんぱん。俺のとなりで声をたてずに笑っていたジェイがぼそりと言った。

「ちぇ、凛のやつ、勝ち逃げかよ」

軽やかな舌打ちが耳に心地よく響く。

勝ち逃げ。

いたいた。こんなところに、もう誰にも負けないやつが。凛はこの先負けることはない。伝説になるだろうダイヤモンドのようなディスクを一枚残して甲羅の外っ側《かわ》にいともあっさり飛んでいっちまった凛のひとり勝ち。

「まったく、まいったよ、お前には」

泣きたいような気持ちで俺は腹の底から笑ってやった。

＊

ジェイがすうっと左肩を引くと、そこにはシルエットも美しく薄暗闇を背にすっくと立っているユーゴがいた。やつは目深にかぶったキャップの下の目をタカのように光らせながら俺の前までやってきた。

もちろん俺の海のように深い感謝の心は、宿命のライバル、ユーゴにも溢れんばかりに注がれていたから、俺はなるべく爽やかに見えるように気をつけながら、やつの前にも腕を出してやった。友よ、たがいの勇姿を称え合おうじゃないか。

けれどユーゴは俺の右腕を無視すると言った。

「負けたとは思ってない。音と構成はまあまあだ。だが振りと振りのつなぎがなってない。もっと遊びを作れ、個人技を磨け、必死さが足りない。次は俺たちが勝つ。チームでもソロでもだ」

ユーゴは周りの騒音にかき消されないくっきりとした声でそう言うと、ジェイをうながし俺に背をむけた。

なるほど、なかなかに、簡潔かつ率直で的を射た感想とアドバイスだ。光栄だよ。ちゃんと見るとこは見てんだ、こいつ。必死さが足りない、か。天下の天才ダンサーが精神論だ。俺、お前のそういうとこ嫌いじゃないぜ。冷たくされるの、けっこうクセになったかな。

「なあユーゴ」

と、朗らかに声をかけると、ユーゴは背中越しにわずかに振り返った。行きかけた足をとめジェイも俺を見ている。俺は胸いっぱいに膨らませた息をとめ、それから一気に言ってやった。

「お前、また俺たちの場所に来いよ、Ｆａｋｅはいつでもお前たちを歓迎するぜ」

ユーゴは少しの間、水でもぶっかけられたハトみたいな顔をして俺を見ていた。その顔はけっこう間抜けで笑えた。でもすぐにタカの目に戻ったやつは踵《きびす》を返すとジェイと一緒に重い扉を押して出ていった。俺はにやにやしながらふたりを見送る。

チームでもソロでも？

片まゆを吊り上げ歌うように口ずさむ。

「ばーか、もう俺の時代がきてんだよ」

＊

それから少しして俺たちもTortoise Shellを出た。

時刻は午前五時、ＪＲでひと駅の道のりを四人、のらりくらり歩いている。時どきテツローが吠えたりリュウジがＴシャツを脱いだり俺が走り出したりタクトが道の真ん中で逆立ちしたりした。見事に安っぽい金色を放っているばかでかい優勝トロフィーはタクトが抱えている。俺たちの左手首にはまだラコステのリストバンドがあった。

見上げると空には星が瞬いている。藍色の雲がすごいスピードで西の空に流されていくのが見えた。

俺たちも、俺たちを取り巻く景色もこんなふうに少しずつ、けれど着実に変わっていくのだろう。凛がここにいないように、俺たちがやがて学校という巣から卒業していくように、流れはひと時も待ってはくれない。その疾走感に時どき潰れそうなほど苦しくなる。こんな気持ちを抱えながらあるいは俺たちは一生、生きていくのかもしれない。

近寄ってきたテツローが、

「あ〜寝み〜」

と、すかすかの声をまだ暗い空にむかってこぼした。

「なんだよ、いつき、ぼおっとしちゃって。電池切れたのか」

「この世の真理について考えてたんだよ」

死ぬほどバカにしたような目で俺を眺めると、

「寝言いってやがる」

テツローは悪態ついてからタクトとリュウジのところに駆け出していった。

「まったくだ」

俺もアスファルトを蹴って走り出す。

誰かがくくく、と笑っていると思ったら俺だった。なんかヤバイ。笑いが止まんない。まあいっか、笑っちまえ。感情のリミッターをとっ払った途端、インディジョーンズのトロッコみたいに可笑しさが追っかけてきて、そいつに飛び乗った俺はダンスで鍛えた腹筋を惜しげもなく使って、走りながら盛大に笑いだした。気がつくと笑いの音楽は四重奏になっている。なにがそんなに可笑しいのか、それでもひいひい言いながらも夏の朝の生まれたての空気を思いっきり吸いこむと、肺の中に溜まった熱がす、とさらわれて心地いい。

立ち止まって顔をあげると、夜明けの方角に白い光がたなびいているのが見えた。

—THE END—

著者プロフィール

岡田 英子（おかだ えいこ）

昭和49年1月、兵庫県神戸市に生まれる。

比治山女子短期大学国文科を卒業。

現在、会社勤めの傍ら創作活動に取り組む。

著書に、膠原病と闘う女性テストドライバーと医師との恋愛を描いた小説『はるか遠く』（2005年、文芸社刊）がある。

ワン ハンド エア ベイビー

2011年11月15日　初版第1刷発行

著　者　岡田 英子
発行者　瓜谷 綱延
発行所　株式会社文芸社
〒160-0022 東京都新宿区新宿1－10－1
電話 03-5369-3060（編集）
03-5369-2299（販売）

印刷所　図書印刷株式会社

ISBN978-4-286-10974-9